沁子 著

从一朵花中醒来

WAKING UP
IN A FLOWER

上海文艺出版社

序一

科技时代还需要诗吗？

——写在《从一朵花中醒来》出版之际

索宇环

科学技术的进步，让信息的获得变得极为容易，你每天都要做出痛苦的抉择：我该删掉哪些信息？智能手机让阅读变得随心所欲，你每天都在几十种新媒体平台之间穿梭，享受着，疲惫着……物质充裕，让生活充斥着激情、欲望、满足，你每天都在提醒自己：我该减肥了。当你置身于这样一个时代和世界时，你还需要诗歌吗？

今天的读书人，能读懂诗的人，寥寥无几。今天的读者，愿意花时间品味诗句的人，屈指可数。很多人认为，诗属于古代，属于那些怀才不遇、无所事事的落魄文人。读诗，无益于考试加分。读诗，不能让钱袋子鼓起来。读诗，不能招来金龟婿。读诗，不能平步青云。诗歌真的要在我们这一代人手里失传了吗？沁予先生的诗集《从一朵花中醒来》回答了这些问题。

沁予先生是一位大学教师，诗圣屈原的同乡，追寻着三峡的激情、武当的持重、赤壁的豁达、东湖的温润、思源的细腻、包玉刚[①]的博学、钱学森[②]的赤子之心。一百五十五首作品，绝大多数完成于最近三年，似井喷，像火山。突兀吗？也许，但又不全是。借用她本人的诗句：我从一朵花中醒来。沁予先生诗集的出版，应验了那句：厚积薄发。

沁予先生并非文学院教师，却偏爱诗歌创作，因为诗歌是她生命的灵魂。凝练浓缩的词句，自带乐音的文字，饱含温情的诗行，代表了她对世界的认识，对生活的理解，对美好的向往，对温暖的感激。难道这不是一个丰满的人该有的状态吗？世界很大，我们很小，一万年太久，只争朝夕，让我们用文字记录下它每日每时的姿态和我们每时每刻的感动。相比于慷慨、丰厚的大自然，我们能够留给这个世界的只有从我们心底里流出来的诗歌。

沁予先生为人谦卑，行事低调，但却以近乎三五日一首的频率高调创作，并且不厌其烦地斟酌、修改，因为她要报答养育自己的父母、关心自己的亲人、帮助自己的同事、包容自己的领导。每个人都生活在与众多人的千丝万缕的联系中，就像一棵小草沐浴在阳光雨露之

[①] 此处指上海交通大学闵行校区的"包玉刚图书馆"，藏书丰富。
[②] 上海交通大学徐汇校区建有"钱学森图书馆"，成为交大人"爱国荣校"教育基地。

中，享受着春风的爱抚。小草以芬芳回馈大地，沁予先生以真挚的诗词赞美着她爱的和爱她的人们。写诗的原动力源于那份爱！

创作是一种抒发，是一种宣泄，更是一种自省和修炼。当我们迷失于水泥森林，陶醉于纸醉金迷，苟且于升学谋职，喘息于任务职责,可曾深吸一口气,闭目自省：我是谁？我想要什么？诗歌是用美沐浴精神，用情净化心灵，用安静抚慰伤口，用专注重塑自我。诗歌不是无病呻吟，不是矫揉造作，不是无聊炫耀，不是不务正业。凡是有精神追求的人，都会喜欢诗歌。凡是对自己负责的人，都热爱诗歌创作。沁予先生就是这样一个不负青春、不负韶华、不负时代的纯粹的人。

华兹华斯说，诗是内心的澎湃激情的自然流露。我要说，诗是人的灵性的自然流露，是人性的忠实展示，是爱的加速器，是痛的升华剂，是美的辐射器。越是忙碌，越要自省。越是焦虑，越要修养。越是时尚，越要内敛。越是异化，越要抒发。科技发达、物质富裕的时代，呼唤诗歌艺术的健康成长，沁予先生的《从一朵花中醒来》是献给这个时代的一朵美丽的小花。

2022 年 6 月于上海

自序

为什么写诗

也许我的前生就是诗人。我的灵魂，在天空游荡的时候，寻到了我的父母，并喜爱我的兄姐。她要一个有爱的家，但她不要很强健的躯体，所以我出生的时候只有四斤多一点。而我的妈妈很能干，把我养得太好了，青春发育的时候我不但长高，变得健壮，而且精力充沛。在随后的二十年里，我不断地挥霍我的生命力。等过了四十岁，我的灵魂开始不安，而我常常失眠。当妈妈去世的时候，我的灵魂惊醒了，她要回归自己的使命，于是我开始写诗。

我是在一个充满关爱的家庭里长大的。我出生在武汉乡下，直到九岁的时候随家搬到长江边的一个小镇，我的童年自由自在，无忧无虑。我的父亲天赋很高，记忆力超群，写作、二胡、笛子、书法、绘画无所不能，工作之余他偶尔写写散文游记和打油诗抒发情怀。由于"出身成分"的问题，父亲的求学路阻碍重重，他最终没能上大学，但通过自学高数和工程预算，四十多岁的时候考取了建筑预算工程师执业证和工程监理证，在建筑公司担任总工程师。天赋高的人，往往比较清高自傲，而父亲耿直率真的性格使他在为人处事中难免得罪人。以父为鉴，参加工作后，我很快褪去了残存的骄气，踏实内敛，谦虚谨慎。

从中国人民大学研究生毕业至今，我一直在图书馆工作，自以为图书馆是一块无名无利的净土，因此也活得与世无争。我做过编目馆员、学科馆员、阅读推广等工作，也做过中层干部。为师生提供各种服务，给学生讲信息素养课，为一些重大课题提供支持，从助人中常常得到极大的满足感、价值感。然而，工作中我却受到我自以为的最好朋友的莫名诋毁和伤害，心里十分难过却只能默默承受。

我的母亲常说什么年纪做什么年纪的事，我从大学二年级开始谈恋爱，谈了六、七年，自然是要结婚的。婚后三年便放弃了丁克的打算，然后儿子出生了。这个具有神奇魔力的新生命降临，给我带来了巨大的快乐，当然也带来无尽的辛苦。我沉醉在母子亲情之中，从此，春花谢了不再感伤，秋桐叶落不再落寞。儿子出生后，也开启了一段与公公婆婆同住的日子。这时候我才体会到，出嫁不仅仅是嫁给一个人，更是嫁给一个家庭。当初我的母亲慎重地托人打听到夫家的情况，而我没有听从母亲的劝告。人生哪能多如意，万事只求半称心。于是我把婚姻当成一场自我修行。

儿子上幼儿园后经常感冒，咳嗽不止，夜里我因为照顾他，醒来就睡不着。那时候我正在做学科馆员，来自院系的需求很多，事情总是做不完的。半夜睡不着了，我就起床坐在电脑前工作，常常一晚上只睡三四个小时，白天照常上班，头晕头疼都扛着。没想到缺少睡眠的时间一长，我彻底失眠了，夜晚躺在床上完全不能入睡。失眠之后人就开始抑郁，还好发现得早，及时得到了治疗。2016 年，我又出现了睡眠障碍，入睡没有问题，但是夜里容易早醒，醒来就睡不着。这时候工作负担没有那么重了，半夜醒来我就开始写作，先是写散文和新诗，配上自己拍的照片，发到"美篇"上（我是交大使用美篇APP的推广者），再转到交大教职工"致远文艺"微信群，常常获得好评和赞扬，于是越写越有劲。尽管我写作的取材多半是自然风物，却在不知不觉之间纾解了心怀，从而将生活工作中瘀积的情绪尽数化解了。

微信群使我们交大的一批文学爱好者聚集起来，其中有几位老师擅长写旧体诗词，我也填了两首《蝶恋花》发到群里，当时我并不懂格律，甚至都没有听说过格律。很快就有电院罗汉文老师在线教我如何依照词谱的格律进行修改。一旦知道格律为何物，我一方面惭愧于自己妄自读了三十年唐诗宋词，一方面心中又升起了浓厚的兴趣，除了填词，我开始作格律诗。生科院褚建君老师为本科生开设了一门通识课《格律诗词写作》，他觉得我是孺子可教，专门给我讲了一堂课，不到一个小时，却帮我把绝句、律诗的平仄、押韵、粘连、对仗等技巧完全厘清了。听课之后，我练笔的第一首诗是五律《寻金银花》。由于我记不住词谱，对照词谱填词，不如信马由缰作诗来得爽快，比较而言，我喜欢作格律诗胜过填词。在不眠之夜，我沉迷于遣词推敲，失眠的焦虑也被抛之云外了。

2017年5月母亲突发脑梗，她的离去太突然，我一时难以接受，悲伤郁结于心。一个月后我的右脚踇趾关节突然红肿，病痛绵延一年半才治愈，其间我不得不放弃旅游、摄影、游泳等爱好，将更多的时间投入写作，学会享受独处的乐趣。我写了不少怀念母亲的诗词、新诗和散文，如果不是寄情于诗歌，我恐怕更难从这场生离死别中彻底释怀。生命于我从此不同，今生仿佛一场历劫修行，逝去的未必逝去。岁月赋予我的，无论顺境或者困厄，都是馈赠。所谓四十不惑，就是能够透过繁复的表象，看清生命的本质，自己的本心，并以怜悯之心去关照一切生命个体，然后发现，自己还是幸运的。我将这些感悟融入到诗歌之中，借助意象和文字传达出来，唯有诗歌才能如此理性、如此含蓄、如此纯净、如此心照不宣，而读者感受到的，却是深情、是温暖、是慰藉、是心有灵犀。

在熟练掌握了作格律诗词的技巧之后，我有意识地比较了古体诗、旧体诗与新诗在表达效果上的差异。我做过几次这样的试验，选用同一个主题，分别创作一首旧体诗、一首新诗，比如"落发"（本诗集中只选入了其中一首旧体诗)"杏叶黄""细雨"这几个主题,我都分别写了两首,一起发表在"予你与我"微信公众号上。比较之后我发现,旧体诗词与新诗不存在孰优孰劣,旧体诗词也没有过时,相反在题赠、唱酬等主题上更具优势,它们的差异只是不同的文学体裁。新诗貌似没有平仄、韵律等形式上的严格要求,也没有规范约束,反而是最难写好的,新诗的创作可以从旧体诗词尤其是唐诗宋词中吸收养分。诗集中《江南冬雨》《致春天》《过往的每一天》等新诗就借鉴了旧体诗的意境。所以当我读到谢冕先生的这段论述:"新诗百年与中国千年诗歌传统连成一片……新诗和古体诗旧体诗必须和解,这个和解叫百年和解",对照我自身的写作体验,没有更赞同的了。

在 2020 年武汉疫情之前,写诗对于我来说是一种消遣娱乐,但自从创作了人生的第一首长诗《为什么我的眼中常含泪水》,我开始转向"认真"的写作。记得那晚我在凌晨三点醒来,看到母校华中师范大学官微的一篇推文,我感动得泪流满面,自然而然想起艾青的这句"为什么我的眼里常含泪水,因为我对这土地爱得深沉",1938年艾青正是在武汉写下这首广为传诵的《我爱这土地》。早些天我就接到领导布置的任务,写一首长诗来声援武汉抗疫,虽然一直在思考,却没有想到合适的题目。在那一瞬间,长诗的题目出现了,诗句便如同汩汩的泉水,顺流而出,写了三个小时,泪也流了三个小时。经由交大何言宏教授和北大陈旭光教授推荐,这首诗发表在中诗网,仅两三天时间阅读量就突破30万,尤其在我的家乡、在武汉的亲友同学中间,引发了广泛的反响。由此,我发现了诗歌的另一种力量,不仅可以激发自我疗愈,而且可以为社会担道义。这首长诗成为我写作的转折点。

自从业余投入写作,我的生命出现了许多神奇的遇见,尤其是在2020年,将来如果有时间,也许我能够写出一本不错的小说。通过诗歌,通过新媒体平台,许多读者会主动向我靠近,分享他们的阅读感受,其中不乏具有高尚情操和有趣灵魂的人,自然而然我们成为了朋友,有的甚至成为了知己。人生得一知己足矣,而我又何其有幸,这是诗歌带给我的莫大福利。我身边阅读诗歌的人开始多起来,我关注了许多诗歌类的微信公众号,我发现社会上写作和阅读诗歌的人也逐渐多了起来。中国作为诗的国度,在诗歌沉寂了三十多年后,也该到了复兴的时候吧。我这样一个大学本科修信息学的理科生,念书期间语文成绩平平的学生,竟然在中年之后投入满腔热情来写诗,并在中国诗、中国文化中得到了无穷的安慰和力量,这应该不是个别现象,应该是我们中国人血液中流淌着的诗意的回归,是来自灵魂的召唤。

我想,在写诗、写作的这条路上,我将会一直走下去。

沁予

2022年3月27日于德尚世嘉

目　录

序一　　　　　　　　　　　　003
自序　　　　　　　　　　　　006

第一辑　爱在心头

辛丑立秋　　　　　　　　　　027
夜雨寄北　　　　　　　　　　027
绝句·冬至赠友　　　　　　　027
绝句·思乡　　　　　　　　　028
七律·春节还乡　　　　　　　028
七律·无愁　　　　　　　　　029
过往的每一天　　　　　　　　030
从一朵花中醒来　　　　　　　031
新年愿望　　　　　　　　　　032
敞开心扉　　　　　　　　　　033

中秋三部曲	034
浮光	034
妙音	036
清芬	038
等待日出	040
灯火	041
致友人	043
等待	044
牵挂	045
我不想	046
梦	048
爱情童话	049
带你穿越山海	050
距离	052
回应	053
秋风吹起来（歌词）	054

第二辑 一片丹心

端午感怀	058
绝句·忆包玉刚图书馆	058
七律·贺包玉刚图书馆修缮开放	059
七律·新中国七十华诞感怀	060
七律·井冈山	060
"诗援武汉"三首	061
绝句·庚子立春	061
七律·交圕心系疫情	062
绝句·疫中读书	063
如梦令·致读者	064
蝶恋花·思源湖送别	065
鹤冲天·电院一百一十周年贺	066
有一种爱	067
花开与关舱	068
象牙塔的出征	069
封城中尘封的记忆	072
灾难来临	076

无处安放	078
我们就在这里	080
赤子	082
梅香如寄	085
愿	089

第三辑 三春晖韵

落发	092
七律·母亲逝世周年祭	092
蝶恋花·宝莲灯	093
长相思	094
母亲节	096
真想放声大哭	097
无题	098
寒假洗碗歌	099
戏赠子扬	099
绝句·食柿偶书	100
开学有感	101

五律·十一岁生日寄语　　　101

愿你长成参天大树　　　102

你是风　　　105

致亲爱的孩子　　　106

青春的色彩　　　110

夏虫之思　　　111

任性的夏雨　　　112

等一朵花开　　　114

四月之声　　　116

参观媒设学院两场展览　　　118

第四辑　四季和风

立春　　　122

黑天鹅游春　　　122

秋咏　　　122

桂无花　　　123

凌霄花　　　123

合欢花　　　124

落樱	124
雨中紫薇	125
睡莲	125
桂香	126
广东菜心	126
细雨	127
山中晚景	127
夜宿百源山房	127
绝句·思源湖初夏	128
绝句·腊月午后偶得	128
绝句·白玉兰	129
绝句·杏叶黄	129
绝句·垂丝海棠	130
绝句·辛丑暮秋	131
绝句·春游仰思坪	131
绝句·蠡湖别绪	131
五律·初夏	132
七律·梅雨小霁	132
五律·寻金银花	133

如梦令·除夕打春	134
如梦令·南京赋	135
醉高歌·戊戌狗年贺岁	136
阮郎归·戊戌狗年庆元宵	136
破阵子·辛丑牛年贺岁	137
致春天	138
江南冬雨	140
见你，如见仲夏	142
混沌之初	144
在三月的细雨中漫步	146
与月季比心对话	148
杏叶黄	149
遇见桫椤	150
云，不在原地停留	152

第五辑　五味人生

暑期养病有感	156
五律·独思	157

七律·壬寅立夏	157
生活的皱纹	158
听见春天	159
邂逅	160
纪梦	162
姐妹	164
享受睡眠	166
淡淡的忧伤	168
让我干了这杯酒	169
是的,我最近脾气比较大	170
丢了垃圾晒太阳	177
致 B103	180
搬家	182
自处	184
久违的阳光	186
小辫子	189
温柔的时光	192
第一首诗	193
我想象我就要死去	195

生命短章（四首） 196

梦童年 198

太阳雨 199

落叶 200

路过 201

阅历 202

时空之外 203

艺术之花 204

第六辑　八方来客

留别 208

自罚诗 208

绝句·见兄长冬泳照感赋 209

绝句·赠凌玥 209

绝句·答宇环兄《品味知音》 210

绝句·贺乔中东教授荣休敬赠 211

绝句·与朗诵协会同仁合诵感赋 211

绝句·夏至赠表侄宇鸿 211

七律·贺城研院十周年院庆并赠士林师 212

七律·题吴鸿珍石城暮秋图 213

和幺叔汤厚斌《贺二零二一年元旦》 214

和建君师《住院第十四日》 214

和志彪兄《祭父三章》其一 215

和人淡如菊《随感》 215

步韵建君师《立秋》 216

步韵汉文师《秋》 216

步韵福胜兄《立秋》 217

致交大摄影师 218

你向我走来 220

秋日私语——写给春玲 222

第七辑 随想撷英 224

跋 233

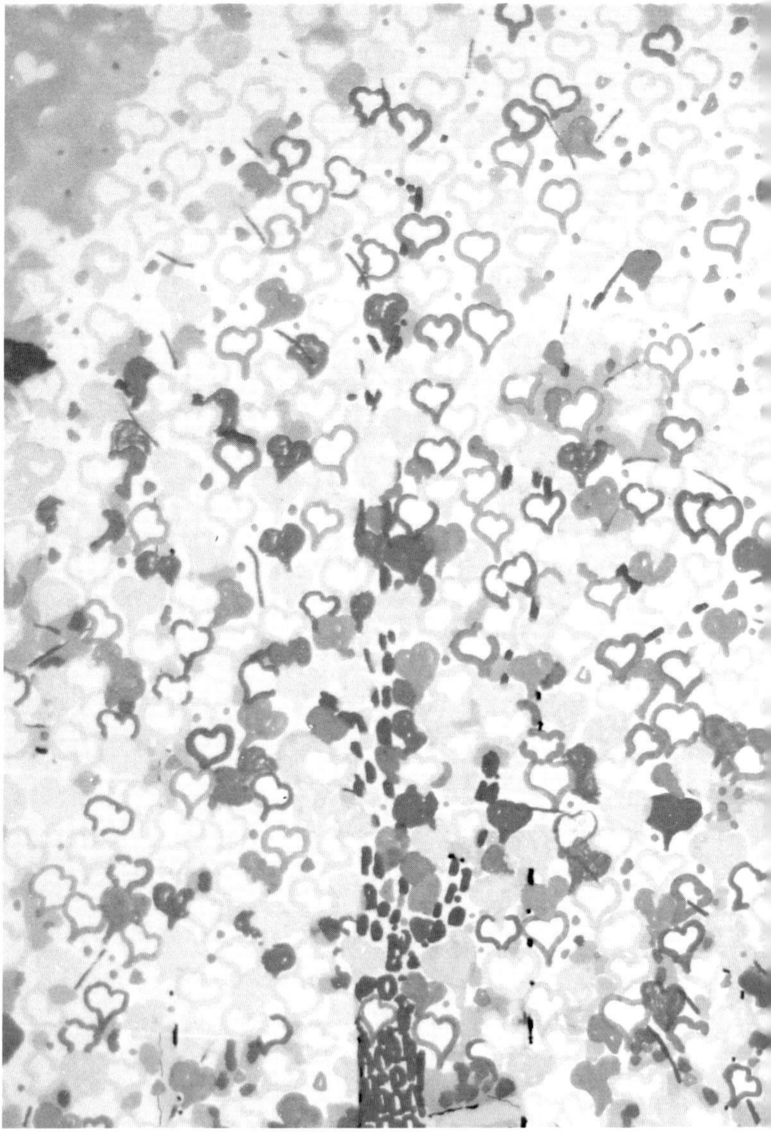

第一辑

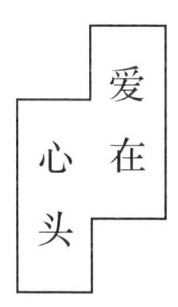

爱在心头

从一朵花中醒来

辛丑立秋

一夜无梦怨梦长,相思黑发结为霜。
桃花已谢由缘浅,落絮无痕夏未央。

/ 2021.08.07 /

夜雨寄北

红枫醉染暮云浓,岁近隆冬盼重逢。
不雪申城堪细雨,相思雪漫却从容。

/ 2021.12.17 /

绝句·冬至赠友

冬至行来数九寒,此心凭寄祝平安。
祥云瑞霭连天际,红叶庭前自在观。

/ 2021.12.21 /

绝句·思乡

忽见家乡雪漫天，素梅白屋玉无边。
琼瑶满地思游子，江畔行来作谪仙。

/ 2022.02.07 /

七律·春节还乡

己亥仲冬曾旧游，故园一别两春秋。
归来含泪探阿父，出去持杯诉半愁。
雪雨连天化甘露，乡音入耳似绵绸。
何时往返随心意，切盼虎年瘟疫休。

/ 2022.01.30 /

七律·无愁

无愁头上亦垂丝,白鹭翩跹舞碧池。
花落春归无觅处,君知月满有怜枝。
孤单只影縠纹皱,深浅双波恩泽离。
遍拍栏杆休独倚,斜阳犹复笑情痴。

/ 2021.05.28 /

过往的每一天

我拿起饱蘸墨水的笔
企图写下注解
日升日落,月亏月圆
转眼又过了一年

在那些得偿所愿的黄昏和黎明
欢乐像碧荷上滚动的珠露
我把阴雨的心情渲染成天青色
只画一朵朵微笑的莲

所有的期盼,所有的彷徨
自始至终归因一个字
因为你,过往的每一天
都值得深深感念

/ 2021.12.29 晚 /

从一朵花中醒来

在青春的梦境里

你的笑颜如此清晰

两颗心彼此靠近

似锦繁花簇拥着我和你

在光影的追逐中

你的叹息如此动人

未来是什么样子

春风拂动水一般的清纯

在樱花的雨季

我仿佛要失去你

天涯有多远

没有心不能跨越的距离

在漫长的夜里

夜莺对着月亮歌吟

泪眼模糊了思绪

寒露打湿了谁的衣衾

无尽的思念中

你的影子结成了睡莲

熏炉把幽香焚起

樱花为何又璀璨如霞烟

从一朵花中醒来

请不要打扰这片宁谧

穿过劲雨疾风

相视一笑就释然的秘密

/ 2022.03.05 /

新年愿望

我把一个愿望种在土里

瑞雪覆盖的泥土之下

静静等待春来发芽

岁月会眷顾埋头的耕耘

我仿佛看见

枝头开满了似锦繁花

我把一个愿望放飞蓝天

洁白的云朵心领神会

浩瀚的宇宙无边无涯

乘着云的翅膀自由驰骋

我仿佛看见

头戴鲜花冠冕的诗神

我还有一个愿望

那是和你的灵魂相约

穿越了时空无垠

到达理想的彼岸

我仿佛看见

你微笑着倾听风中歌吟

/ 2021.01.01 /

敞开心扉

无论过了多少年
依然还是那样
还是那样的一个孩子
爱和憎同样炽热
把悲与喜都写在脸上

不隐藏真诚
不掩饰厌恶
也不舞弄做人的技巧
如果赤诚的心已经蒙尘
便失去了做人的根本

出走半生的少年归来了
任皱纹爬上额头
纯真的笑靥依然如花
任明眸变得浑浊
眼中的世界却黑白分明

敞开了心扉
如同大地对着蓝天
如同暖阳驱散雾霭
欢笑拨开愁云将烦恼消弭
悲伤收起尾巴从墙脚逃逸

/ 2021.12.10 /

中秋三部曲：
浮光·妙音·清芬

浮光

小时候在乡下的老屋

晨光从大门斜射进来

照亮空气中一粒一粒的尘埃

小小的我站在房门口

对着时空隧道发呆

少年时夏日的午后

我从酣睡中醒转

床边是书桌，书桌对着明亮的窗

翻身望向窗外

蓝幕下的云朵"变形记"很慢很长

那年五月从庐山下来

我们坐在回船的甲板上

你讲述"小升初"奋斗史,独自骑车

从农村到重点中学寻访校长

斜晖脉脉,夕阳映红你的脸庞

青春悄然流逝

我在四月追逐新叶的光

在八月探望潋滟的河水

在十二月流连冬日的暖阳

捡拾金黄的落叶,夹在书里珍藏

/ 2021.09.19 /

妙音

你说

最喜欢我的歌声，那就是妙音

当年也是这样沦陷

女孩难逃欺哄的蜜言

我的歌声

怎比得上孩子的第一声啼哭

一瞬间就驱散裂骨的疼痛

幸福的潮水灌满了心田

我的歌声

怎比得上小满时节第一声布谷

唱响北国麦收的喜悦

又把希望播撒在春耕的田间

我的歌声

怎比得上山林晨曦中一曲《僧踪》

空灵之韵在天地间流转

人生苦乐随风飘远

我的歌声

怎比得上你在耳边呢喃

爱你,爱你

给予是快乐的源泉

/ 2021.09.20 /

清芬

风清露冷又中秋

我分外想念栀子花

由母亲采摘的洁白的几朵

泡在碗里置于通风的角落

馨香弥漫了满屋

抚慰着疲惫归家的我

有些时候貌似稀松平常

那气息却镌刻在记忆的褶皱

徒留余生来缅怀

唯有在春天才能闻见的幽梅

我会用整个夏天去回味

庆幸冬去还有春来

于满月之下煮一壶清茶

亲友围坐着谈笑品茗

是我想象的最好的团圆

茶香沁润心田

欢聚之后不再怅惘月残

温馨的情谊永远绵延

/ 2021.09.21 /

等待日出

清晨如果看到太阳
一整天都感觉暖融融的
如同将你想起
也都是温暖的回忆

走过漫长的日子
忙碌的脚步来不及细数
且回头望一望
你已经离得那么远了

此时此刻,天色阴冷欲雪
可惜雪只在心里纷纷地下着
多想和你围坐红泥小炉
一起等待雾散日出

/ 2022.01.13 /

灯火

诗神!
我有许多话要对你说,
我现在是多么快乐!
像初尝爱情甘露的少女一般。
有时又像个洒脱无羁的孩子,
踏进了繁花似锦的伊甸园。

回想曾经的伤痛,
是谁抚慰了那些痛苦?
那么心酸的背叛诬陷,
那么剧烈的筋骨之痛,
那么漫长的不眠之夜,
那么悲哀的生离死别。
是你啊,诗神!
带领我走出人生至暗的时刻。

啊，诗神！

我听见你的回应：

  不是我，是你心中不息的爱！

  像永远不灭的灯火，

  指引你走出黑夜，

  照亮坎坷的前路。

/ 2021.10.04 /

致友人

我心中有一片空地

亲人填不满，孩子和爱人

也填不满

只能独自种成花园

这里永远开着应时的鲜花

来自雪山的一眼清泉

咕咕而出煮成酽香的茶

在夏日的午后

我静静筛茶

听你用和缓的语调

述说童年趣事和奋斗生涯

花园里的马蜂和蝉噪

也静寂如哑

接连几天

我都踩着轻快的步伐

忙碌之余

在藤蔓掩映中

细数阳光漏下的金子

探望天边一抹彩霞

/ 2020.10.01 晨 /

等待

那期待着的好消息

还等不到音讯

我会一直等下去

你在忙碌的时候

别忘了

倾听内心的声音

/ 2021.03.15 /

牵挂

如何将牵挂割舍?

如何把思绪抽离?

如何干渴不饮水?

如何屏气不呼吸?

聪慧的,请教我

如何从尘世超逸?

/ 2021.06.04 /

我不想

微信聊天的时候
我总是草草结束
我不想
深入你的内心
我早已发现
它的爱憎与我的如此相似
我怕，你打出的文字
再次击中我的心

面对面坐着的时候
我只能静静地望着你
我不想
主动发起话题
更不想展示自己
万一你也爱上我
命运是否要重启

忙碌做饭的时候
悠闲散步的时候
安静阅读的时候
凝神写字的时候
我不想
把你记起
可是又挥之不去

还有

惠风吹来的时候

花瓣飘落的时候

流星划过的时候

音乐响起的时候

心尖一弦忽然被拨动

莫名地就想起你

我不想

写诗打扰你

可是不写出来

这颗心无法安宁

就当这是对你的赞美吧

你的好

值得我如此惦记

/ 2020.09.02 /

梦

梦见红玫瑰了

漫天遍野的

空气中弥漫着花香

和思念

好像还有梵音

清彻，微妙

把我从梦中唤醒

我醒了

想你

/ 2020.03.21 午 /

爱情童话

一只鼹鼠,守着
树洞里的松果和孩子
偶尔从洞口探望四季更替
听风声送来春天的气息

森林里传来淙淙的琴声
是格里格送给春天的诗
终于鼓足勇气爬出树洞
见到帅气的松鼠
微笑着一声问候
听见了彼此的声音

仿佛认识了很久
仿佛一直藉着轻风
无声地交流
却不如相对的第一分钟
将所有的想象解构

一杯焦糖奶茶
一杯加冰的咖啡
就此打开了话匣
田野里的油菜花
速朽的流行音乐不算啥
漫无边际
说到哪儿算哪儿

这样喝下午茶
就是生活美好的样子
可以吗
只享受友谊
不被爱情猎捕

/ 2020.04.16 午 /

带你穿越山海

山的另一边,海的尽头

是否还能看见你的笑颜

多少尘世变幻

带你穿越山海的初衷

却不曾改变

对光明的向往

驱动着原始的荷尔蒙

天圆地方,太阳投下一抹余晖

遗弃的拐杖化成了桃林

晨曦中,桃花掩映着你的眼眸

追寻从未停止脚步,如同

世间的爱,才是永恒的原动力

对太阳、未来和你

我一直知道的,生命的意义

所以宁愿干渴而死

/ 2021.06.09 /

\ 题记 \

今天(6月9日)是高考最后一天,有感于周思未老师的同题摄影作品,即兴赋诗一首。又逢端午节,想把这首诗献给我心目中的诗魂屈子,献给所有执着地追求光明、梦想和爱情的人。

距离

我不再试图让你了解我,

如同我了解你一样。

我知道如何将幸福斟满你的酒杯,

宁愿就着你的酒杯抿一口。

在我刚要喝上一口美酒的时候,

你总是残忍地倒空酒杯,

端来苦涩的药水。

我多么珍惜这段尘世的缘份,

当作上一世欠下的救命之恩。

可惜有一种心灵的距离

是你爱我,却不知道如何爱我,

也是无论怎样努力,

我都没有办法爱上你。

/ 2021.10.10 /

回应

请不要说我高冷
我不是雪山
从来不是
我可以拿友情来回应

逃避
或者友好的回声
像清晨林间一曲高山流水
像冬日午后的暖阳照着
在古老的石桌上沏一壶岩茶

不要惊涛骇浪
能够承受激流的河床
早已滑进平原
汇聚成湖
湖面一片静水流深

/ 2020.09.12 /

秋风吹起来（歌词）

秋风吹起来

也不知道我的心意

桂香飘进屋

心里就莫名欢喜

这种感觉要从何说起

春天樱花会落雨

为什么一开始就逃避

人生有四季却没有更替

嗯……清冷的秋风吹起来

甜蜜的桂花香飘进了屋里

勾起莫名的欢喜

还有无尽的思绪

唔……心动是这样美丽

金黄的银杏叶在空中飞舞

静悄悄落了满地

秋风吹起来

有时感动有时失意

桂香飘进屋

心动是这样美丽

如同在看一场独角戏

阴天一直下着雨

我却一点儿都不忧郁

盼望银杏树叶洒落满地

嗯……清冷的秋风吹起来

甜蜜的桂花香飘进了屋里

勾起莫名的欢喜

还有无尽的思绪

唔……心动是这样美丽

金黄的银杏叶在空中飞舞

静悄悄落了满地

静悄悄落了满地

/ 2020.12.22 /

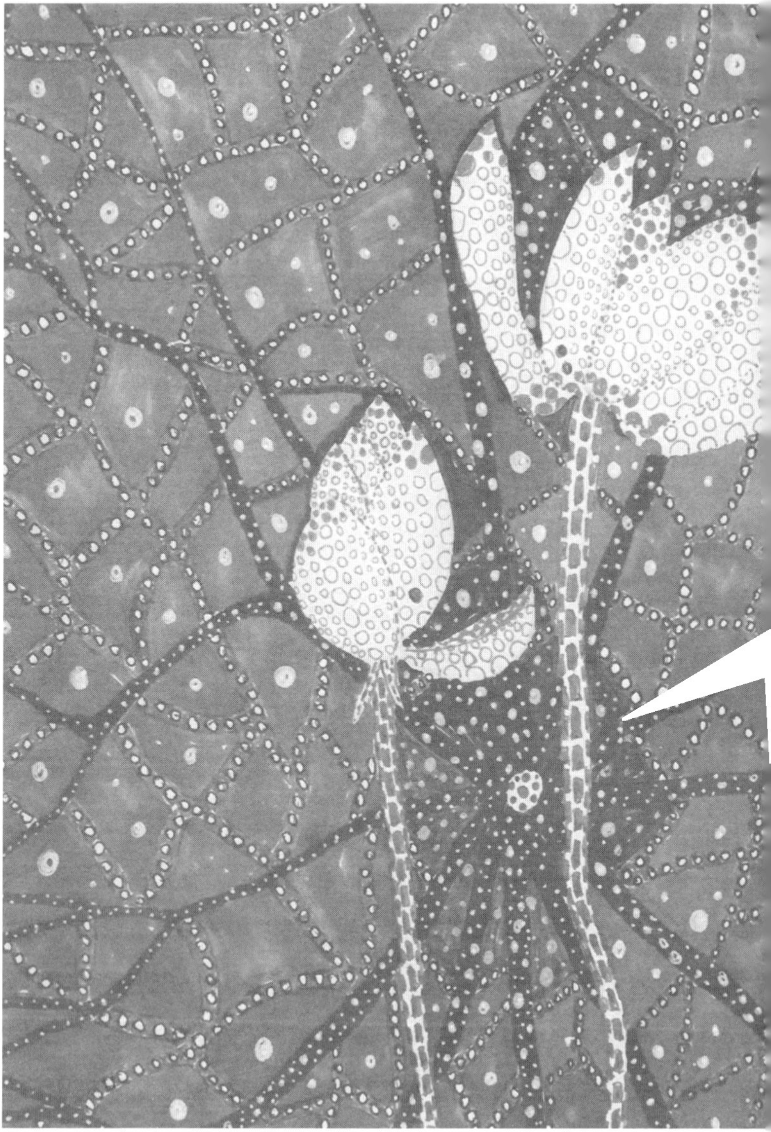

第二辑

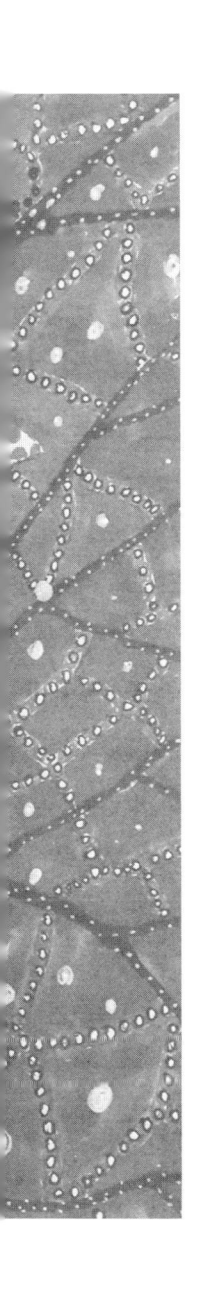

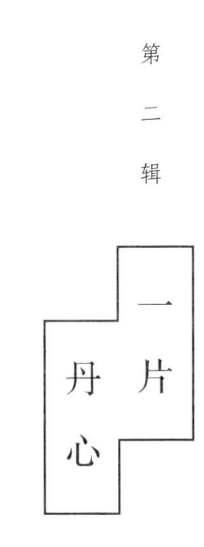

一片丹心

从一朵花中醒来

端午感怀

遥思屈子端阳祭,气节如兰励后人。

离骚楚辞开新体,香粽沉江悼诗魂。

(2016.06.08)

绝句·忆包玉刚图书馆[①]

常忆包图岁月新,深耕八载付青春。

挑灯深夜寻常事,甘作嫁衣幕后人。

/ 2021.03.15 /

---

① 包玉刚图书馆,简称"包图",系上海交通大学闵行校区的人文社科综合类分馆,由当年的香港船王包玉刚先生捐赠,于1992年开馆。

七律·贺包玉刚图书馆修缮开放

思源湖畔泊方舟[①],不渡烟波已卅秋。

楼宇巍峨藏卷帙,师生愉悦忘忧愁。

馆员助教思多巧,书苑翻修学更优。

正是一年春好处,桃红柳绿绕芳洲。

/ 2021.03.15 /

---

① 方舟,上海交通大学包玉刚图书馆总高六层,外形像一艘轮船。

七律·新中国七十华诞感怀

七秩峥嵘岁月稠,小康可待遍神州。
身逢盛世常怀信,心系中华勤自修。
亿万黎民无小我,二三合力驾轻舟。
登高倚望山河秀,家国梦圆再唱酬。

/ 2019.10.01 /

七律·井冈山

少小常闻先烈事,中年才上井冈山。
五龙叠嶂白云绕,玉女清潭碧水潺。
黄洋界上旌旗荡,小井院中涕泪潸。
感怀先辈忠贞志,盛世人寰何谓艰。

/ 2017.06.24 /

"诗援武汉"三首：
庚子立春·交圜心系疫情·疫中读书

绝句·庚子立春

　　武汉是我的家乡，那里有我的亲朋师友故交，自武汉封城以来，我时刻惦念着他们。思念尽付梓，亲人知吾音。希望武汉的父老乡亲能够像绿草一般坚强，像红梅一般乐观，宅家不气馁，齐心协力共渡难关。至此庚子立春日，以诗为念，为武汉加油。

东风送暖报春来，嫩草争先绿映台。
可叹江城封未解，遥怜磨麓① 粉梅开。

/ 2020.02.05 /

---

① 磨麓，磨山山脚，磨山位于武汉市东湖风景区。

七律·交圕[①]心系疫情

  我和两位同事受邀代表交圕发声,撰写"共抗疫情"的诗文,我慨然应允。在这阴霾笼罩着的日子里,作为中国人,作为武汉人,作为上海人,作为交圕人,我都太想写点什么,写出心里的悲伤和企盼。

> 九州万户闭门扉,新冠蔓延逞毒威。
> 天使白衣山峨峨,英雄热泪雪霏霏。
> 申江汉水本同气,荆楚越吴皆耀辉。
> 且看交圕齐相助,遥襄共祷太平归。

/ 2020.02.07 /

[①] 交圕,上海交通大学图书馆简称。圕,读音为 tuān,"图书馆"三字的缩写。

绝句·疫中读书

距离我的家乡武汉封城已经一月又余五日了,疫情拐点虽然还没有出现,但态势开始朝好的方向发展。一颗时刻揪着的心,终于可以稍事放下。终于可以静下心来好好读书了。

山川异域相期待,闭户封城好读书。
且伴春风且听雨,樱花开尽是芙蕖。

/ 2020.02.28 /

如梦令·致读者

曾问交圊高阁。

卷帙浩繁无数。

灯火复黎明,

春去秋来几度。

求索。求索。

开卷自得其乐。

/ 2020.01.01 /

蝶恋花·思源湖送别

独羡思源湖畔景。花絮飞扬,犹碧波汀滢。
杨柳轻飔桃李靓,香樟翠鸟歌红杏。

学子殷勤惟致敬。三两携游,谈笑乘余兴。
他日归来杯酒庆。寸心相照诚相迎。

/ 2016.04.20,2022.07.05 修订 /

鹤冲天·电院一百一十周年贺

南洋电院,学子青春梦。

百十载风雨,多倥偬。

电气机械始,新举创、英杰涌。家国情怀诵。

励精图治,多领域人材众。

欣逢乙酉迁南垅。十三年巨变,功劳共。

大草坪之畔,湖光秀、香樟翁。五座楼接踵。

师生荣幸,教学互长堪颂。

/ 2018.07.01,2021.06.26 修订 /

有一种爱

有一种爱是大爱无疆,

有一种驰援叫舍身忘死,

有一种英雄是着白衣的天使。

他们的故事,

在血与泪中交织;

他们的生命,

饱蘸才华与激情;

他们的形象,

在火与冰中重塑。

我们珍惜,

我们铭记,

我们永远感恩!

/ 2020.03.18 晨 /

花开与关舱

新入了一只花瓶,
郁金香也是第一次买,
昨晚送来的时候,
都还是花骨朵。

今天悄悄地开放了,
我一直守在旁边,
并没有听见花开的声音,
心里却像开花了一般唱歌。

昨天最后一个方舱医院关舱了,
心灵上没有阴霾的日子
真好!

/ 2020.03.12 /

象牙塔的出征

1896年，一座巍峨的学府

诞生于甲午海战的硝烟。

从黄浦江畔到渭水之滨，

她将图强的信念

深植每一颗年轻的心。

一百二十六载沧海桑田，

几经风云，依然初心不变。

1937年，血淋淋的刺刀

直指中华民族的危亡，

炮弹妄图炸碎学子的课堂。

出征！带上简陋的行李出征！

从黄浦江逆流而上，从小龙坎到九龙坡。

在抗战的烽火中，

一所门类齐全的工科大学绝地而起。

1956年,一声号角吹响:

"向科学进军,建设大西北。"

出征!朝着古都西安出征!

穿越半个中国,从十里洋场到麦田荒原。

发扬烽火线上的英勇气概,

拓荒途中艰苦卓绝,

抛洒热血铸就了又一座学术高地。

2020年,乌云从荆楚大地突起,

新冠病毒袭击了江城武汉。

出征!就在除夕夜出征!

第一批逆行英雄泪别亲人,

机翼划过夜空,从温馨家园到急救医院。

将个人的安危置之度外,

用科学和意志打赢这场没有硝烟的战争。

2022年，玉兰花初放枝头，

奥密克戎企图在美丽的校园悄悄弥散。

暂停键在第一时间果断按下，

出征！向着东川路800号出征！

四千名教师穿上白色的防护服，

深情守护三万学子的温饱，

每天三次将热腾腾的盒饭送往隔离的宿舍。

白玉兰谢了，樱花如雪般飘落，

无论多么劳累也不曾耽误一堂网课。

当柳絮在思源湖畔随风飞扬的时候，

院子里的荼蘼花又将绽放，

一个完整的春天即将画上句号。

出征的英雄何时才能回家？

不问归期，不念归程，

交大人时刻准备着——出征！

/ 2022.04.14 /

封城中尘封的记忆

不是佛的偈子

是千年诗魂

将我们尘封的记忆

唤醒

原本都是《诗经》灌溉的种子

每天托人送来的一只桃子

当然不仅仅是桃子

想吃却又不敢吃

只能转赠同桌的女生

你要一个答复，我说

种子还未成熟，到高中再续

你也考上了高中，却没有再送来桃子

我羞于询问，只能守候一方

做《诗经》里的女子

三十年岁月的车轮

碾碎了青春的记忆

碎成了梦

仿佛庄子梦里的两只蝶

蝶扇动着翅膀

像我的碎花衣裳

在漫长的岁月里

偶尔闪出耀眼的光

如果

如果不是新冠封禁千古江城

惊醒了沉睡的诗魂

远隔千里

我用滚滚流淌的泪水汇聚诗行

呼唤神力

竟唤醒了你

寄来抚司秋艳的壁画

还捎上草原上第一朵小花

我们也是屈子的后人啊

长长的叹息

也不能掩饰泪水

真的，没有亏欠

是少了菩萨的祝福

结不了今生的缘

这朵小花

我插上微霜的鬓角

这幅画,我会珍藏

我们各自珍重

珍惜眼前的时光

续写屈子的诗行

/ 2020.03.16 晨 /

灾难来临

大树在风中狂舞

乌云遮蔽了天幕

"烟花"揪着千万颗的心

呼啸声凄厉地钻进窗户

中原已变成汪洋

特大暴雨落得仓惶

千年一遇的洪水

淹没了城市和村庄

金陵传出了疫情

迅速波及五省九地

汉民族曾经南渡复兴

莫非"新冠"要绝地反击

不能出门,也不敢追问

跟踪实事新闻

互救的场景催泪滚滚

当自然灾害对峙人类生存

生命原本脆弱

却不断追求力量和永恒

现场没有观众的东瀛奥运会

是赤裸的金牌与荣誉之争

灾难已经来临

或者灾难从来没有停止

宝剑在砺石上歌吟

人间实苦自有温情

/ 2021.07.28 /

无处安放

不过抬头望了一眼月亮,

静谧的湖面荡起波澜。

血色的月亮,

望见这一切是否心寒?

琐事能够织成茧,

我甘愿被缠绕,

做一枚不问世事的蛹,

沉迷在蝴蝶的梦中。

我的梦终究惊醒了，

听见恶徒肆无忌惮的狂笑。

在夜色的掩护下，

他们干着卑鄙的勾当。

恐惧在大地弥漫，

空气令人窒息，

我想高声呐喊，

声音却消融在漆黑的夜里。

睁眼看看四周，

天边涂抹了瑰丽的晚霞。

夏夜清凉如水，

晚风送来阵阵荷香。

世间原本美好，

值得投入满腔的爱恋。

然而，这颗渴求太平的心，

已无处安放。

/ 2022.06.25 晨 /

我们就在这里

是山顶洞的壁画启迪了最初的文明
是甲骨上的文字记录了民族智慧的源头
是远古的歌声汇集成了《诗经》
是敦煌的藏经洞见证了中华文化的繁盛
是毕昇的活字印刷术促进了知识的传播
五千年不朽的中华文明啊
是我们的骄傲更是我们的底气

是一座座藏书楼将伟大的文明延续

是无数的图书馆使文字得以普及

是智慧的数据库将文献海量存储

是信息技术让知识随时可以获取

是传承文明的责任让我们心系一起

我们就在这里

为交图文献资源建设奉献自己

我们就在这里

坚定守护交大的精神圣地

有一种胸襟叫专业担当

有一种情怀叫精勤奉献

有一种目标叫智慧交图

中华古老的文明由此绵延生发

永远奔流不已！

/ 2020.12.24 /

赤子

在这灿烂的春景中
你值得一场盛宴
接受众人举杯
祝贺本该属于你的冠冕

岂料霜冻横空出世
剥夺了耕耘者的果实
自以为是的审判啊
对你的赤诚可曾顾惜

在歌颂春天的时候

你又是如何熬过寒冷的冬季

忙碌的脚步无暇悲戚

你的诗行并未流露心曲

也许有人难以相信

科研和育人可以并举

早生的华发,以及干涩的皱纹

袒露了付出的艰辛

你的天平一直以学生为重

站牢三尺讲台书写报国

将奉献和情怀植入青涩的心

期许万千学子开花结果

在芬芳馥郁的春光中

你含着笑，轻叹岁月蹉跎

除了惋惜不再说什么

抬起头，只顾欣赏桃李的花朵

/ 2021.03.22 /

梅香如寄

那一日，

我从你的树下走过。

一段幽香，

引我伫足摄人心魄。

循迹芳踪，

见证你三世的浮沉求索。

那一世，

你诗书双绝精通文墨，

功名唾手可得。

你终究难违天性不趋荣利，

漫游江淮，

在西湖孤山归隐晦迹。

结庐养鹤，

植一株红梅相伴晨昏。

每当月下独酌,

疏影横斜的水波,

暗香浮动的月色,

成全你性灵的皈依。

那一世,

你一边放牛一边学画,

年少已名满天下。

遍历东吴淮楚的山川,

而后南归故里。

筑庐三间种梅千树,

作画,赋诗,弹琴,长啸,

活得无比洒脱。

每当雪漫山坳,

梅花凌寒绽放,

你激情贲张研墨挥毫。

笔墨落处,

梅枝挺劲花朵清润,

一派天然神韵,

你将自己也画了进去。

那一世,

你出生在梅雪相映的日子,

与音乐结下不解之缘。

国乐废弃已逾千年,

音乐教育是无人问津的荒原。

你跨海赴东瀛求学,

立志开辟一条道路。

在国力微弱的年代,

更兼战乱频仍,

三十余载披荆斩棘，

是梅赋予你勇气和坚韧。

办校，教课，写曲谱，

你一力做成几人的事。

又是一年雪花飞舞，

你积劳成疾咳出最后一口热血，

血迹点染如怒放的红梅。

梅香依稀，

如诉如寄。

我在树下徘徊，

不忍归去。

需几生修得到梅花，

才能伴你一世芳魂？

/ 2021.02.08 /

愿

我愿

愿每棵树都能握住脚下的土壤

愿守望冬季的花苞如约

在春天绽放

愿每颗心都能向着太阳

敞亮,坦荡

还有什么比这更重要!

/ 2020.04.09 夜 /

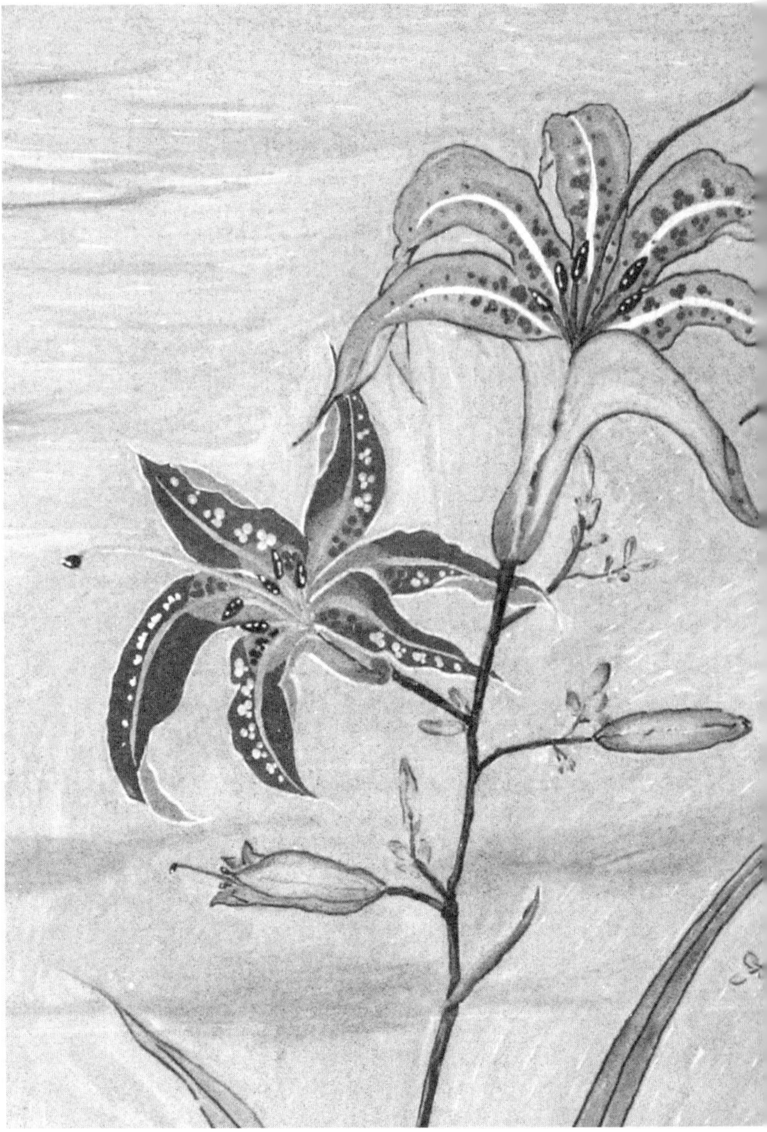

第三辑

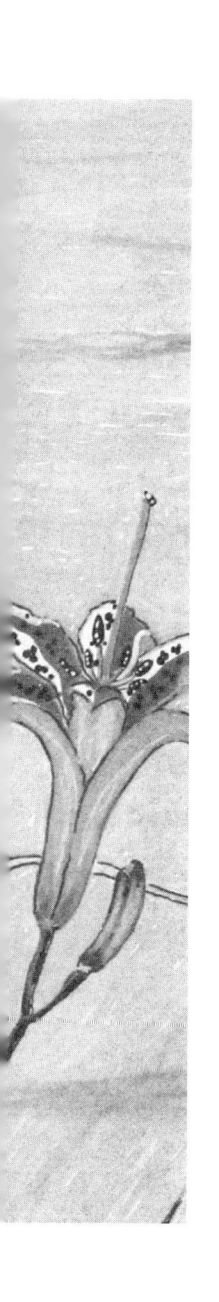

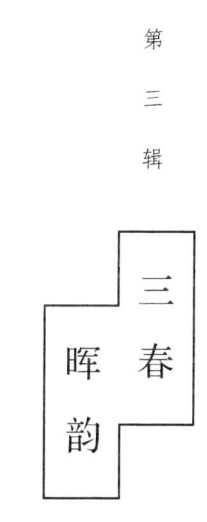

三春
晖韵

从一朵花中醒来

落发

秋思催落发,病来想妈妈。

一丝复一缕,梦里又归家。

/ 2020.09.09 /

七律·母亲逝世周年祭

夏去秋来冬已逝,百花开尽不言春。

一年失散阴阳隔,两界分离骨肉亲。

痛恨深恩无报答,常思慈爱亦怀仁。

孝心怎寄泉台路,一枕黄粱入梦真。

/ 2018.05.18 /

蝶恋花·宝莲灯

常忆儿时池傍柳。竹枕和床,夜半凉初透。
羽扇轻风神话逗。青纱帐顶繁星秀。

隔岸粉莲藏白藕。蟋蟀唧唧,软语催眠后。
救母沈香留梦久。宝莲护佑高堂寿。

/ 2016.05.15 /

\ 题记 \

  电信学院邬根保老师在微信群发了一幅莲花的摄影作品,片子是在夜间拍摄的,一朵盛开的粉莲如同一盏花灯静静地亮着,翠绿的荷叶和柳叶在夜色的掩映下营造出朦胧、梦幻的意境。我见了十分喜欢,感觉图中有故事,令我联想到宝莲灯,联想到"沉香救母"。邬老师希望有人能据图赋诗,并述说他在拍摄的时候,想起了童年趣事。由此我也想起自己儿时夏天纳凉的情景,便将这段童年的记忆和眼前的美图糅合在一起,填了这首词。

长相思

盼相期。
莫相期。
花落枝头叶离离。
子规烟雨啼。

笑依稀。
梦依稀。
归处孤坟草萋萋。
故园流水西。

/ 2021.05.06 /

\ 题记 \

今年清明节小长假,姨侄女亚琦在给外婆(我的母亲)扫墓之后,来上海探望我们全家。4月5日下午她乘机返回武汉,中午我在小区门口送她上了出租车之后,独自回家,心里一直空落落的。我明明知道她即将跳槽来上海工作,却怎么也不能驱散心头的空落与凄惶,傍晚散步的时候,受这种情绪驱使,我心中不禁念念有词:"盼相聚,莫相聚,花落枝头……"这种情绪缠绕着我,直到半夜再次梦见母亲。

自从母亲仙逝后,我好几次梦到她,这对于很少做梦的我来说,弥足珍贵。有一次我们同赴一场宴席,她坐在另一桌,远远地望着我笑;有一次我准备返回上海,在门口告别的时候,正要和她拥抱,却突然被闹钟吵醒;还有一次我即将赴一场约会,紧张的等待中,时时能感到她的陪伴;而这次的梦境尤其真实,我来例假了,母亲温柔地照顾我,帮忙准备物品。

梦醒之后,我便填了这首《长相思》,万般思念,唯有诉诸笔端。子规声声,不如归去,不如归去。

母亲节

想念您的声音

想念您的笑容

想念您的叮咛

想念相伴的每个日子

想念懵懂无知

想念黄发垂髫

想念年少轻狂

想念受您呵护的每段时光

整个五月

都用来想您

浓浓的思念

融进五月重重叠叠的葱郁

/ 2020.05.10 /

真想放声大哭

嘱托还没说完

喉咙已经哽咽

结束,赶紧结束

哭声就要掩不住

在今天送别的聚会上

当白发老者叹息着

赞美这颗年轻的孝心

眼泪再也忍不住

流出,漱漱流出

在炎炎夏日知了的呐喊中

真想放声大哭

这是一条艰辛的路

每天直面至亲的痛苦

需要足够坚强

也要有人去分担

哪怕听听你的哭诉

去年春末

我这样送走了母亲

痛哭也留不住

往事 一幕一幕

/ 2018.07.28 /

无题

洗手做羹汤,窗外可闻香。

人间烟火气,一菜半辰光。

/ 2019.02.12 /

\ 题记 \

小儿常常说我做的饭是"黑暗料理",为了做出他喜欢吃的菜,我可谓百折不挠。今天下午三点买菜,四点准备,六点半开饭,他吃得又快又多,这顿成功的晚餐,值得赋诗纪念。

寒假洗碗歌

家养小神兽,洗碗不需愁。
做事有条理,效率第一流。

/ 2020.01.18 /

戏赠子扬

家中二六郎,遇事不轻狂。
唯恫唠叨母,急牛跳上墙。

/ 2019.12.26 /

绝句·食柿偶书

红柿秋来甘亦糯,剥皮稚子忍津唾。

银匙碧碗邀母尝,百味人生至此过。

/ 2016.09.26 /

\ 题记 \

子扬写完作业,没见妈妈准备水果,自己去了厨房,隐约听到刀叉声,水流声,一会儿人就到了跟前:"妈妈,来吃柿子!"这次吃柿子,无比甘甜,遂赋诗一首,以为纪念。

开学有感

暑假逍遥去,开学九月忙。
顽童恨早起,老母斥声扬。
美食未及啖,出门亦仓皇。
开堂一场考,学业半抛荒。
后悔贪欢久,方知跬步长。
勤修不可已,年少当自强。

/ 2018.09.25 /

五律·十一岁生日寄语

稚子亦齐肩,青春正少年。
勤修知不足,续启愿弥坚。
精卫衔微木,谈迁复美篇①。
鲲鹏先立志,展翅意冲天。

/ 2018.05.27 /

---

① 美篇,借指《国榷》,为记载明朝历史的私家编修编年体史书,作者谈迁,天启元年(1621年)开始编著,初稿六年后完成。顺治四年(1647年)全稿被窃,五十多岁的谈迁发愤重写,以三十余年终于编成《国榷》一书。

愿你长成参天大树

十年前
一粒小小的种子
在我的宫房里生了根

十月孕育
饱满的种子破土发芽
伴随几声清脆的哭声
唱响了生命的序曲

毛绒绒的小嫩芽
柔柔软软地躺在臂弯
花瓣的脸庞
乌黑的瞳目
静谧如同清晨的露珠
嘴角一弯
绽放出天使般的笑容

笑里挟着一股魔力
将我瞬间融化
化成了一曲复调
伴随这首序曲浅吟低唱

孩子

你就是这粒种子

你就是我生命里最动听的主旋律

十年的雨露滋润

你已经长成一株小树

一株在春风中摇曳的小树

郁郁葱葱

枝叶在阳光下闪着光

跳跃着蓬勃的生命力

孩子

我愿你

长成一棵挺拔伟岸的参天大树

无论雷电风雨

永远挺立

你的枝叶终于足够茂密

供养奔走的生灵

停留嬉戏

你的树干终于足够强劲

包裹着高尚的灵魂

以及追求正义、自由、和平、美好的心

你的树根呢

坚守着脚下的土地

每条根须都遒劲有力

深深地深深地扎进土壤里

而我呢

永远是那一曲轻柔的伴唱

不变的旋律

环绕着挺拔伟岸的大树

浅吟低唱

低唱浅吟

/ 2016.05.20 /

\ 题记 \

儿子读小学三年级，按学校（华东师范大学附属紫竹小学）惯例，每年在"六一"前后为三年级孩子举办十岁生日会。我的一位朋友受学校邀请向孩子们寄语，她转而求我撰文，我于是领命。本想写几句应景的话，但对着孩子，不免心生童真，结果写成了这样一首诗。这首诗开启了我每年为儿子写一篇"生日寄语"的习惯。

你是风

我的时间
在为你停留
让一切静止吧
重启的钥匙
藏在 不愿记起的
角落里

你不同
你是风
是风吹过春苗
是笋在雨中拔节
是蓓蕾即将绽放
是海浪一波越过一波

拒绝了
蜜友的邀请
黯淡了
无忧的心境
遗失了
半成的诗篇
放弃了
不羁的旅行

多少欢喜
都不如你 释然一笑

/ 2020.07.03 /

致亲爱的孩子

亲爱的孩子

你长大了

如同蓓蕾即将绽放

灿烂的花季正向你招手

你的个子窜高可以俯视成年人

你的雄辩有压倒一切的气势

你跑起来多快啊

你是风一般的少年,我亲爱的孩子

亲爱的孩子

你长成了我们期望的样子

开心的时候哈哈大笑

受了委屈会泪盈眼眶

面对难题不屈不挠

遇到弱者就伸出援手

你是多么开朗、坚强、善良

你是阳光一般的少年啊,我亲爱的孩子

亲爱的孩子

到了今天，我需要诚实地对你说：

世界并不完美，也存在不公平

正如有白天就有黑夜

有晴天也有雷电

无论成功还是失败

酸、甜、苦、辣、辛、咸

人生六味，都值得你去体验

命运的航程，从来没有一帆风顺

每一次经历都将成为宝贵的财富

亲爱的孩子

愿你永远怀着童话般的梦想

就像你曾经对圣诞老人的痴迷

梦想是照亮前路的一道光

无论多孤独的夜，都能为你照亮

不瞻前顾后，也不妄自菲薄

持之以恒地付出努力
终会赢得命运馈赠的大礼

亲爱的孩子
愿你坚定地走好脚下的每一步
走在黑夜里，时时仰望月亮和星空
伤心失意时，奔跑让你鼓起勇气
志得意满时，分享会使你更快乐
愿你心怀悲悯，爱护每一个生命
尤其爱护你自己
你健康是我们唯一的期许

亲爱的孩子
我们爱你胜过自己
从孕育你的那一刻
我们就深深地爱着你
无论遇到任何误解、冲突、挫折

我们永远守护在你左右

只要你需要,我们就是宁静的港湾

只要你需要,我们就是温暖的怀抱

只要你需要,我们就是坚强的后盾

勇敢地追逐青春梦想吧

我亲爱的孩子

/ 2021.03.19 /

\ 题记 \

  这首诗是应儿子的初中年级家委会邀请而创作。按学校(华师大二附中附属初中)惯例,每年都会为八年级的学生举办一场隆重的"青春礼"暨联欢会。面对青春期的孩子们,又要表达家长们的心声,这首诗我写得十分慎重,写作之前经过了较长时间的思考、酝酿,还虚心地与儿子作了交流。最终我想把它写成一篇父母对孩子的倾心诉说,而且就说孩子们想听的话,当"致亲爱的孩子"这个题目从脑中跳脱出来的时候,整首诗便一气呵成了。

青春的色彩

青春的色彩是什么？
是聚在一起明媚的阳光。
朝霞染红了脸庞，
鸟儿在林间鸣唱，
山川披上翠绿的新装，
五月花海在风中荡漾。

青春的色彩是什么？
是离别时眼泪在流淌。
拥抱将寒风阻挡，
祝福把前路照亮。
深情厚谊，永远铭记。
莫失莫忘，地久天长。

/ 2021.11.14 /

夏虫之思

你说
我把生活过成了诗
可我只想藏进诗句里
不想面对生活

整整一个夏天　　　　　　　躲不过白天的燥热
心里有只知了催促不已　　　情愿走进黑夜里
知道吗　　　　　　　　　　晚风拂过月色
知道吗　　　　　　　　　　草丛传来歌吟
孩子　　　　　　　　　　　夏虫的合唱抚慰着心灵
他们不会等你慢慢行

　　　　　　　　　　　　　听吧
窗外传来回声　　　　　　　静静地听吧
一阵响过一阵　　　　　　　童年本该轻盈
知了　　　　　　　　　　　就像蛐蛐在丛中嬉戏
知了　　　　　　　　　　　夏天如此短暂
是谁在桐叶间嘶鸣　　　　　原是做梦的年纪

/ 2020.08.28 /

任性的夏雨

你像孩子

爱哭的孩子

想哭的时候,哭得畅意

滂沱、瓢泼、倾盆

转眼间,说停就能停止

阳光一扫昏天暗地

你像孩子

不羁的孩子

为了引人瞩目,

不吝弄出最大的动静

暴风、闪电、打雷

天地惊惧,人们吓得躲进屋里

你像孩子

淘气的孩子

乘着云朵捉迷藏,

是你不倦的游戏

东边日出西边雨

带不带伞,成了纠结的难题

你呀,

最像青春期的孩子

汇聚天地灵气,

也身怀毁天灭地的神力

在你发怒的时候,万物静寂

待雨过天晴,一道彩虹横跨天际

是你欢笑时弯起的唇印

我呢,

也想做回任性的孩子

和小伙伴儿一起,奔跑在夏雨中

扬起头任雨水冲刷脸庞

一路欢叫,落进满涨的河里

串起层层涟漪

荡漾青春不朽的记忆

/ 2021.06.11 /

等一朵花开

我用等一朵花开的时间,
漫步小河边,
看清风拂柳,
心随河水荡漾。

我用等一朵花开的时间,
盘坐于树下,
微风送来青草香,
树叶在头顶吵吵。

我用等一朵花开的时间，

默默守候，

如同等待花开。

也许这一天永远不会到来，

只愿有你陪伴，

看河水荡漾，

听风吹树梢。

/ 2018.06.20 /

四月之声

四月的春光被拦在门外
楼前的柚子树开花了
轻风搅动着馥郁的芬芳
香樟树也开花了
百年的香樟葱茏挺拔
小鸟藏在青翠之中鸣啭
忽高忽低，忽远忽近
这里是鸟的天堂

魔都的小区都成了鸟的天堂
我们只能封在屋里说话
你大声宣告自己的决定
声音越大却越显犹疑
变声期的男声，而嗓音如此动听
我仔细分辨残留的童音
多么怀念那清脆的童声啊
赛过屋外最婉转的鸟鸣

亲爱的宝贝就要长大成人

想替未来做一个决定

为何你如此难过?

是良心不安吧,你的心

是从我给予的满腔的爱中分离

不必怀疑,你也怀着一颗赤诚之心

否则,你为何如此犹豫?

你说:

今天的决心

十年后,也许会动摇

也许会忘记

妈妈,请帮我记住这一天

/ 2022.04.23 /

参观媒设学院[1]两场展览

艺术的熏陶潜移默化,

如同春雨润物。

一凝神,

一回眸,

那美那好

早已刻在了记忆之中。

多年之后,

也许你完全忘却了,

那有序的摆放,

那精美的装祯,

那琳琅满目的丰富,

那眼花缭乱的迷醉。

---

[1] 媒设学院,上海交通大学媒体与设计学院,现拆分为媒体与传播学院、设计学院。

多年之后，
也许你真的忘记了这两场展览，
却在写字的时候，
写出同样的一笔弯钩，
却在画画的时候，
画出相似的一抹山水，
却在做设计的时候，
记忆深处不断涌动出惊诧的灵感！

貌似不经意的模仿，
经过时间的沉淀，
经过岁月的发酵，
已经完全融入你的血液，
那是继承，
那是创造，
那是一代又一代的延续，
那是一代盼一代去超越！

/ 2016.04.10 /

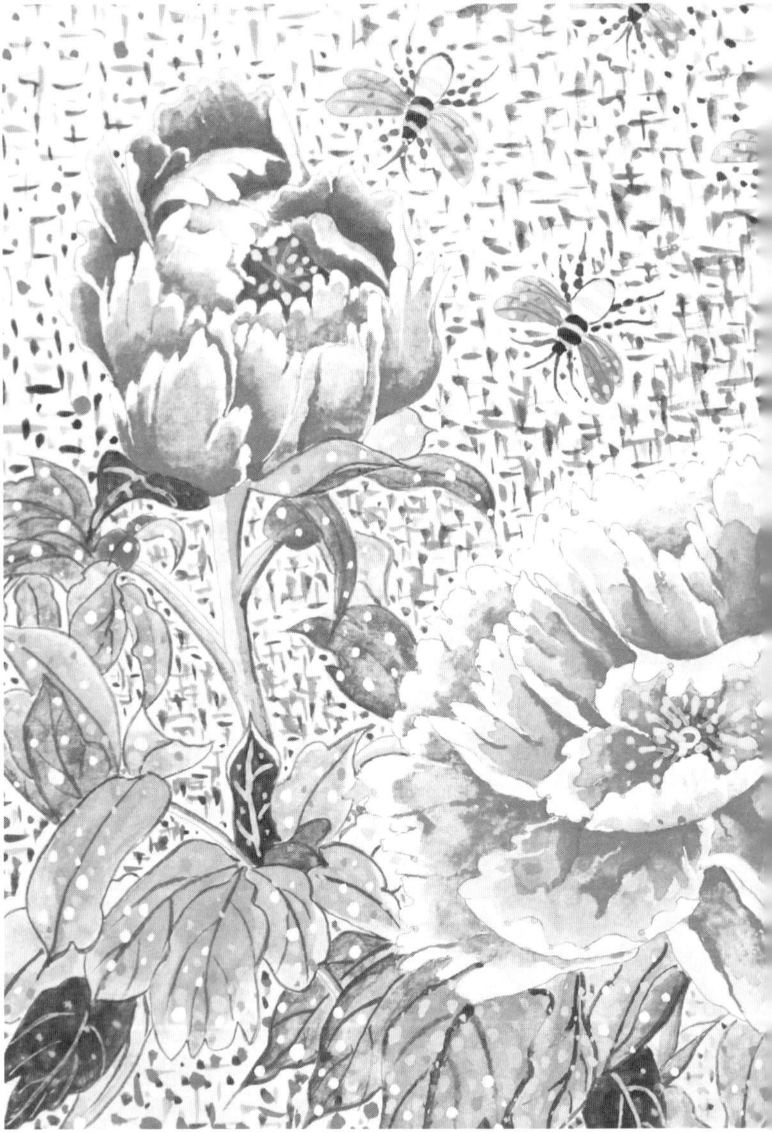

第四辑

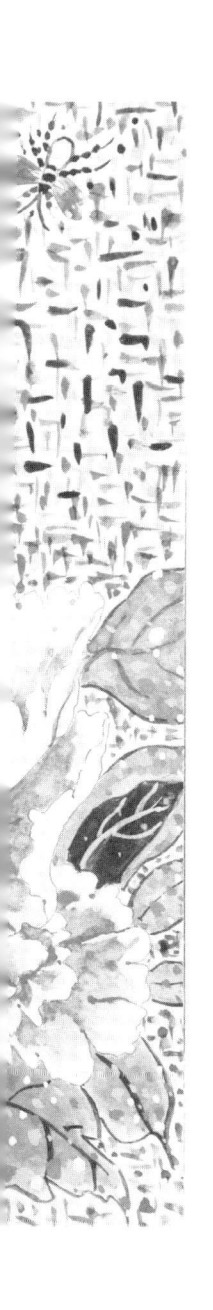

四季和风

从一朵花中醒来

立春

腊梅三度开，杏梅暗香来。
红梅枝头笑，春意任谁猜。

/ 2021.02.03 /

黑天鹅游春

我本鹅中仙，爱着玄青裘。
春来喜结伴，也作踏青游。

/ 2018.03.17 /

秋咏

夜阑听落叶，秋雨侵白霜。
晓起风拂面，清寒桂花香。

/ 2018.10.24 /

\ 题记 \

前几天下了一场小小的夜雨，早晨走出楼门，一片清明中飘来桂花香，顿感神清气爽，心情无比畅快，"清寒桂花香"一句从心底浮出。接连几天，一闻到花香,便觉惬意。昨天霜降,已是秋季最后一个节气。瞬忽竟至秋末也。

桂无花

信采一枝秋，入瓶自风流。

无花香似溢，馥郁在心头。

/ 2019.09.05 /

\ 题记 \

晚上出门丢分类垃圾，天黑无光，于桂树上随意折一枝绿叶，插入花瓶中，拍照赏玩良久。

凌霄花

墙外俏凌霄，借枝更妖娆。

不争春事早，万绿她独骄。

/ 2018.06.03 /

合欢花

本意盼合欢，奈何又别离。
瞬忽六月至，谁解此情痴。

/ 2021.09.03 /

\ 题记 \

合欢花在暑热之中开放，每年初放的时间与大学生毕业的时间相符，在大学校园里合欢花又被叫作"毕业花"。

落樱

晚来风雨急，晓起寻芳迹。
落樱织粉衾，林间犹飞絮。

/ 2018.04.14 晨 /

\ 题记 \

昨夜伴读晚归，见楼后已是落樱满地，我随口说明天早起拍照。可能因为我的这句话，豆豆今晨醒得格外早，我劝他多睡一会儿。见他实在睡不着，豆爸就拉他出去锻炼了。我正拿了一本书看看，没过多久就听见敲门声，开门刚要埋怨他们不带钥匙，豆豆一脸欣喜地轻轻说：外面，外面……我立即想起拍照的事儿来。这春风拂树，小鸟啾鸣的翠绿之晨，因落樱花瓣的粉饰，变得格外柔美而充满诗意。

雨中紫薇

梅雨连绵紫薇开,天光不霁霞自来。
枝头翻舞裙裾俏,珠露犹挂美人腮。

/ 2018.07.07 /

睡莲

静雅幽香蕊宫仙,清泓浮碧出水莲。
月明潭影合入梦,朝日光华醉心妍。

/ 2021.09.03 /

桂香

无须春恨花落去,何解秋悲叶纷飞。

幸得满园三桂盛,甜香入室梦不归。

/ 2020.09.30 /

\ 题记 \

今秋自白露时节以来,时常降雨,有几天还是大到暴雨,不胜其烦。及至秋分前后,天空才呈现秋高气爽、蓝天白云的景象。今年的桂花正是在这个时候开放了,仿佛一夜之间,校园里、小区里处处洋溢着桂花香。我身居高楼,都能闻到,每天清晨醒来,首先闻到的就是花香。小时候我不喜欢桂花香中甜甜的感觉,现在却觉得它是百花之中最抚慰人心的。

广东菜心

嫩叶脆芯一茎香,南国回望是家乡。

白灼清炒皆成味,雪玉盘中碧绿妆。

/ 2019.01.13 /

细雨

细雨唯怜美人梅,红妆未褪羞腮媚。
烟柳相傍春水回,翠鸟时鸣清风醉。

/ 2021.03.07 /

山中晚景

一颗星子一弯月,一抹红霞一线峰。
几处歌声几虫鸣,几缕愁绪几许风。

/ 2018.08.15 于湖北苏马荡 /

夜宿百源山房

世外桃源沈家乡,百花开尽草亦芳。
坐拥朋辈斛光错,人间春意赛琼浆。

/ 2018.05.01 于浙江诸暨 /

绝句·思源湖初夏

蓝天知浩淼，湖水亦思源。
翠柳红屋远，初晴好鸟喧。

/ 2020.06.06 /

绝句·腊月午后偶得

杏梅添粉妆，枯叶水杉香。
最念冬阳暖，斜晖树影长。

/ 2021.01.29 /

绝句·白玉兰

玉兰素妆凌空舞,二月春早尽占枝。
夜来东风兼急雨,落花惜取少年时。

/ 2018.03.17 /

\ 题记 \

白玉兰洁白轻灵,花期很短,如同我们的少年时光,美好而短暂。

绝句·杏叶黄

遍地落金云叶黄,漫天璀璨胜春光。
北风摇曳立烟雨,仰视回瞻若太阳。

/ 2020.12.13晨 /

绝句·垂丝海棠

举觞北望最思乡,尽付芳心是海棠。

翠柳随风雨中望,含羞垂首玉容妆。

/ 2020.04.02 晨 /

\ 题记 \

　　我陪读租居的小区,与我自家小区一样,也种了许多花树。近来开得最盛的是樱花和垂丝海棠,樱花需在晴日蓝天下欣赏,可怜一周以来,气温骤降,阴雨连绵。风歇雨驻的时候,我偶尔会在小区里逛一圈,发现垂丝海棠在风雨之后更显娇美,含羞带粉,美艳无双。垂丝海棠的花语是"思乡",而唐明皇曾经以垂丝海棠比喻杨贵妃是善解人语的美人,因此垂丝海棠有"花神""花贵妃"之美誉。经过近日来的观察,我发现垂丝海棠确乎当之无愧,对着她观赏的时候,不知不觉,思乡之情竟暗暗地弥漫心间了。

绝句·辛丑暮秋

桂子含苞几曾见,樱花满树竞相开。
海棠初浴春尤妒,卉木无知秋早来。

/ 2021.10.15 /

绝句·春游仰思坪

雏鹰试翼乍风尘,家鸽安居喜绿茵。
年少有为当立志,仰思坪上又逢春。

/ 2019.04.24 /

绝句·蠡湖别绪

俄顷风来云墨色,秋声树舞见离愁。
依稀五里湖帆动,疑似蠡仙偕美游。

/ 2019.10.05 于无锡太湖 /

五律·初夏

一声天鼓响,催醒梦中人。
树啸独孤夜,雨停清碧晨。
石榴开似火,春蕊化为尘。
莫作等闲客,小池荷又新。

/ 2016.06.04,2020.6.18 修订 /

七律·梅雨小霁

连绵阴雨今方歇,晓起开轩翠鸟闻,
青霭连天烟笼碧,香风满袖树携芬。
巳时雾散日初照,晌午云开酒半醺。
摇曳扁舟西水上,长箫声里舞罗裙。

/ 2016.06.10,2020.6.19 修订 /

五律·寻金银花

经年犹未见,香逸尚留存。

迎夏花清雅,忍冬藤茂蕃。

忽闻园内种,急绕陌东奔。

月季苑旁架,蜜蜂何复喧。

/ 2016.06.04 /

\ 题记 \

童年居住的房子附近有金银花,每到初夏花开时节,我会采一把挂在蚊帐中,伴着香气入眠,也许是香气趁着睡梦深深植入了我的记忆。十岁之后,虽然再未见到金银花,但是每到初夏,我便会闻到隐隐的金银花香。今年突然听说文大植物园中有金银花,我急忙去寻找,第一次过去没找到,第二次再过去就找到了,我终于真真切切闻到久违的花香!

如梦令·除夕打春

腊月三十鞭炮。

己亥金猪福照。

除岁谢交春,

梅上枝头嬉闹。

福到。福到。

杯酒迎新欢笑。

/ 2019.02.04 /

如梦令·南京赋

胜日金陵寻旧。

千载流传灵秀。

东晋慕清流,

明代几经皇胄。

回首。回首。

幸存陵园苑囿。

/ 2019.01.28 /

\ 题记 \

　　带儿子去南京一游的想法由来已久,这里承载的历史文化太厚重,因而很慎重,儿子太小的时候不适宜,五一、十一气候最佳,但游客太多。择日不如撞日,前几天开启了这趟"说走就走"却又向往已久的研学之旅。正值电视剧《知否知否》热播,也填一曲《如梦令》。

醉高歌·戊戌狗年贺岁

耳听三里风声。自[①]辨千条路径。

柴门风雪苍山应。犬吠喧喧甚幸。

身形矫健无争。品性温良可敬。

盘瓠[②]智慧人语省。护佑吉祥旺盛。

/ 2018.02.14 /

阮郎归·戊戌狗年庆元宵

耳灵嗅敏似骄狼。护家卫主忙。

不嫌贫贱好忠良。相依相伴长。

戊戌至，上元祥。月圆梅送香。

小门庭院彩灯煌。烟花惊犬藏。

/ 2018.03.02 /

---

① 自，古义为鼻。
② 盘瓠，帝喾之神犬。

破阵子·辛丑牛年贺岁

遥对山河如绣,喜迎胜景无霜。

寒岁艰辛同赴难,家国情怀气节扬。一卮春酒香。

珠帘开门纳福,红梅吐蕊传芳。

辛丑牛年时运旺,祝愿亲朋阖府昌。举杯情谊长。

/ 2021.02.11 除夕 /

致春天

你乘着剪剪风
翩然而至
落在梅树梢头
寄出第一枝春信

你遣送明前雨
绵柔地、朦胧地下着
大地温润了
万物渐渐苏醒

你挥舞五彩笔
泼墨，勾描，渲染
画卷层层打开
斑斓缤纷，胜过仙境

你催动无限热情
唤醒沉睡的、干枯的、腐朽的
春雷惊蛰
鼓舞新的生命

你歌唱人间至善
开出娇美多姿的花
点亮田野、山川、森林
百鸟在林间齐鸣

你召唤纯真的心
回归自然
沐浴春熙融融
芬芳洋溢

我在花海中漫步
在春光里徜徉
投入你的怀抱
我完全忘记了自己

/ 2021.03.17 /

江南冬雨

黎明的东方不见霞彩
细雨织成了一片雾霭
隆冬的江南小雨
巧携着清寒没有伤害

薄纱青帐笼罩着河屿
笼着沉睡做梦的江南
小鸟歇在枝头
悠远鸣叫如梦语呢喃

我走进你又悄悄离开

充满期待却没有期待

离别走向夜幕

思恋一寸一寸燃起来

我想把思恋结成一缕

随雨夜的风送它离去

收起烛火烬灰

在西窗的眠床中梦回

/ 2021.01.23 晨 /

见你，如见仲夏

摇曳青绿碎花短裙

你飘然而过

在空旷的大厅

如同见到仲夏

骄阳下的炽热

浓荫里的清凉

树叶间几声蝉噪

池塘边阵阵荷香

曾经仲夏一般的华年

走进校园，路过莲花

日复一日

重叠成青春的彩霞

绿叶田田

独爱这朵粉莲

流连有性情的仲夏

转身已落尽芳华

/ 2020.07.09 夜 /

混沌之初

这几天，我仿佛回到了

混沌之初

有一天气温骤升

我赶紧去赏樱

一棵树连着一棵树

在蓝天下如云般绽放

一阵风吹过

雪花在云被之下飞舞

我心如止水波澜不惊

如同在云中漫步

接连两三天,果然都下雨

樱花怕是要落尽了

我仍然不顾头晕

午餐后去看落樱

树下的草坪、长凳和蜿蜒的小径

铺满粉白的花瓣

连着树上的嫩绿粉白,绘成一片静谧

我在小径流连

林间零星飘舞的英子

也不曾勾起叹息

我受了美的召唤

心止于美,不悲不喜

仿佛回到混沌之初

/ 2021.04.03 /

在三月的细雨中漫步

三月只合戴一顶绒帽

在细雨中悠闲漫步

走在香樟树下

又路过一丛结香花

细雨变得多情

弥漫成醉人的清芬

白玉兰似天使折翼

停驻在绿草如茵

紫叶李绽放点点繁星

蘸着雨露剔透晶莹

河水涨起来了

漫过堤岸

垂柳伸长翠丝

在水面飘荡拂拭

小鸟啁啾婉转

唱出心底洋溢的喜悦

在一株美人梅前停步

试问今春比去年

愁归何处？

/ 2021.03.07 /

与月季比心对话

在光影中闪亮的短暂生涯

是场生命与时空的对话

借着雨露生根发芽

长出舒展的枝桠

开成美艳的花

我也想每月开花

开得平凡我也不怕

雨中把根深深往土里扎

阳光下绽放笑靥媲美彩霞

/ 2020.10.23 /

杏叶黄

又见银杏黄
我在树下流连忘返
仰瞻回望
晴天闪烁着一颗颗耀眼的星
雨天站成一树树温暖的光

又见银杏黄
片片云叶在风中飞扬
是冬天寄给情人的信笺
是美人谢幕前的深情回眸
是英雄舍身取义时怒放的光芒

又见银杏黄
遍地落金铺成炫丽的舞场
是生命展示最后的荣光
是生死轮回的通透感悟
是儿女献给大地母亲的礼赞歌唱

/ 2020.12.13 /

遇见桫椤

我来自荆楚大地

你生于宝岛台湾

在东海之滨,我们不期而遇

相遇在一片盛开的蝴蝶兰

美好的遇见令人惊喜

仰望葱郁的枝叶,我对你心生敬意

你携带着祖先三亿年的基因

我背负了华夏五千载的文明

沧海桑田,唯独对你垂怜

冥冥中也许蕴含天意

你挺拔的身躯藏着地球亿万年的记忆

我伸出手,企图感知你生命的秘语

万物同源,而你才是最受宠的生灵

站在你面前,我轻薄如过眼烟云

人类自远古而来的漫长历史

不过是流经桫椤生命长河的万分之一

你不只是一棵树啊

遇见你,我见证了生命的伟大奇迹

人类文明应该善待如此美好的

如桫椤一般美好的生命,对此我深信不疑

/ 2021.07.17 /

云,不在原地停留

我不总在原地停留

如同天空的云彩

堆叠,舒卷,飘散

是宇宙之花开不败

秋日纯净的碧空

为她提供了最靓的舞台

亿万年流走的时光

云聚又云散

从浩瀚的海洋蒸腾而起

集结成自由的姿态

海豚,游龙,骏马

变换得太快

我并不为她的表演迷惑

猜她的归宿

是一场痛痛快快的坠落

投进母亲的怀抱

万涓成河

流向大海

/ 2020.10.17 /

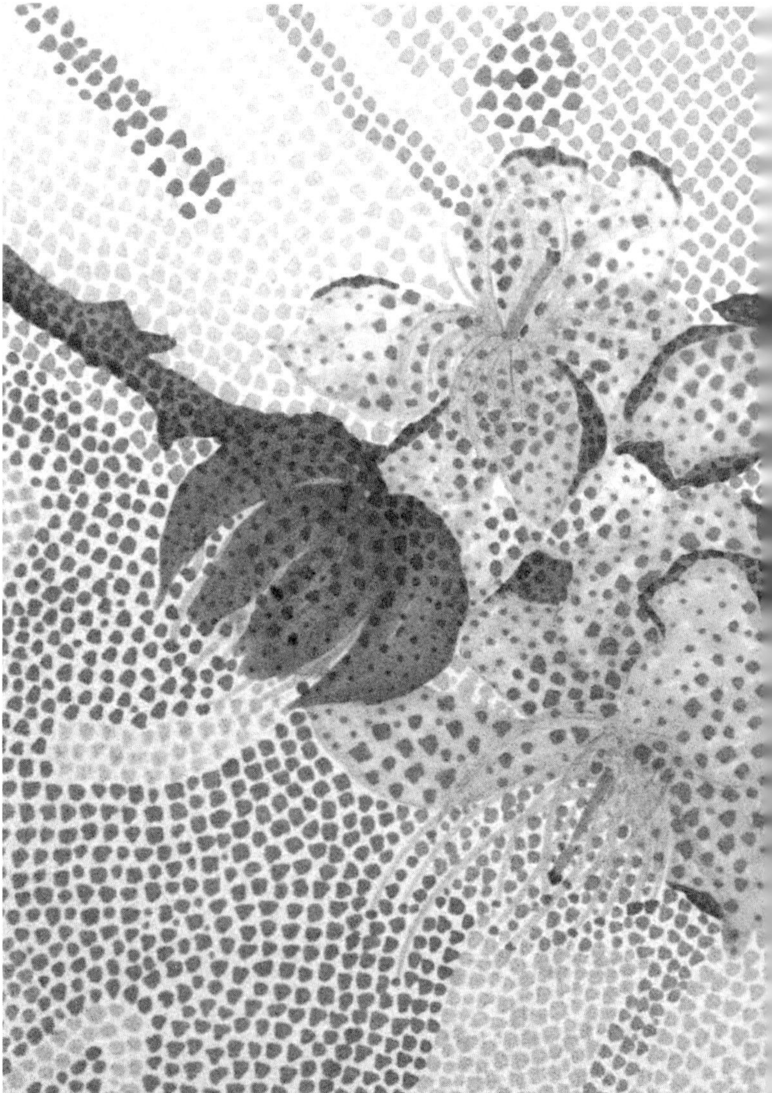

第五辑

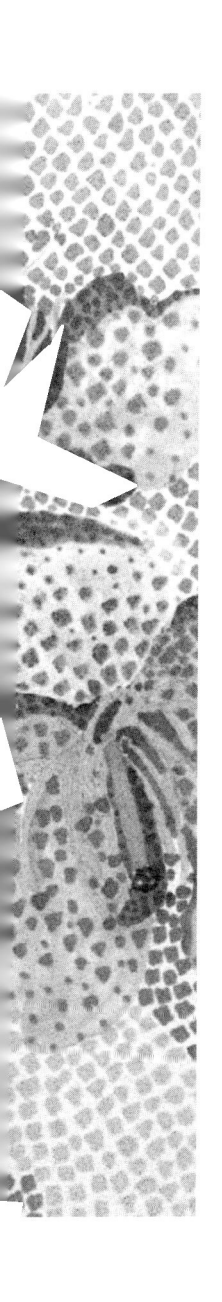

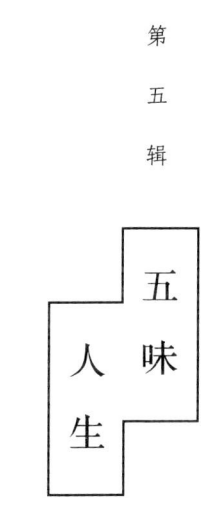

五味人生

从一朵花中醒来

暑期养病有感

近岁病疾多，骨炎频作祟。

痛来山覆倾，彻夜难眠寐。

访药问医忙，得方皆一试。

寒湿邪入侵，表去根难治。

遂悟学中医，方知藏厚智。

功夫在日常，理透心无惴。

固本且培元，填精血气炽。

天行健自强，一息还存志。

/ 2019.09.02 /

五律·独思

独立苍穹下,清寒晓色中。

蓝天衔碧水,云鬓抚春风。

一念悠思起,千年浩叹同。

此间游梦远,宇宙乃相通。

/ 2016.12.11 /

七律·壬寅立夏

封控居家两月长,春归幽草胜花香。

落红难觅无痕处,叠翠深藏堪梦乡。

满架蔷薇桑葚紫,浅池荷芰麦樱黄。

何时自在任游冶,击节踏歌罗酒浆。

/ 2022.05.05 /

生活的皱纹

心伤

我却把伤口缝成诗行

欣喜

我将喜悦酝酿出诗意

我是如此热爱生活

一如爱怜母亲脸上的皱纹

纹理中藏着岁月如梭

欢笑时漾起幸福的波

母亲已离我远去

归途中,我慎重地写满爱语

也许有一天你会庆幸

还能听见我的心曲

/ 2021.04.26 /

听见春天

荒无人迹的旷野

雪,不断堆积

偶尔听到树枝断裂

抬头不见飞鸟的痕迹

我艰难地跋涉

踏出的每一步都铿锵有力

你保持沉默吧

白雪皑皑是你的铠甲

逃避

甚至冷漠

都没有关系

看,冰封的河面下

鱼儿在快乐地嬉戏

风在肆掠

浑圆的种子躺在泥土里

等待春天的讯息

更迭或者轮回

有什么意义

一次绽放

就勘破生命的真谛

太阳缓缓升起

听,我分明听见

雪被之下

春天的声音

那是来自心底的歌声

是彻悟的欣喜

自由的欢唱

/ 2021.02.20 /

邂逅

期待一场邂逅

在桐叶飘落的时节

你从风中走来

凝望成耀眼的风景线

期待一场邂逅

在桐叶飘落的时节

你在人群中转身

万物按下暂停键

期待一场邂逅

在桐叶飘落的时节

你推开身后的木门

激扬的交响乐瞬间寂静

期待一场邂逅

在桐叶飘落的时节

风中我们相视而笑

褪色的记忆又焕发生机

我如此期待一场邂逅

在桐叶飘落的时节

我们不聊冬雪

我们——

就说说秋收的喜悦

/ 2020.10.24 晨 /

纪梦

在阳光明媚的秋日

我一时起兴

走出了蹲守的家门

外面有咖啡和美酒

畅谈中消磨了美好的时光

在回家的时候

一个很大的磁场

牢牢地吸引着我

我很害怕

朝着家的方向拼命逃

逃!

我的心

却被那磁力紧紧牵系

跑得越快,心越慌

跑得越远,心越疼

只怕

这颗心被拽出胸腔

逃还是不逃?

/ 2020.11.28 晨 /

姐妹

元旦的清晨

我写了一首赞美诗

致谢备受呵护的童年

感恩岁月

永远有你温暖相伴

草成的诗篇

捧出赤诚的心

噙着泪水

第一时间呈献给你

却没能猜中结局

熔铁落进了冰水

期待飘散于北风

第二稿开了头

再难继续

相爱容易,相知

竟是奢求?

冷漠,蔓延整个冬季

从元旦到元宵

红红火火的春节

并不能融化隔膜

沉默地守候,等待

春暖花开

终于，你打来电话

相隔千山万水

元夕祝福代替团聚

絮叨的全是孩子们

唯独少了我和你

一丝遗憾

在安静的时候

才显露痕迹

/ 2021.02.27 /

享受睡眠

在失眠之后
这晕乎乎的感觉如同成仙
吃饱了就睡
体重的烦恼暂搁一边

大脑一片迷糊
微信的来讯已读不懂
就势滚成一团
钻进被窝作一只蝶蛹

向混沌深处睡去
身心都融进温暖的湖水
重回母亲的子宫
还是无忧无虑的宝贝

一夜酣眠无梦

在清晨的鸟鸣中悠悠醒来

身体轻盈如蝶

飞向阳台迎接第一缕霞彩

懒洋洋的天空

重新闪耀着迷人的光芒

搁置的书籍

在掌中散发醉人的馨香

/ 2020.11.21 晨 /

淡淡的忧伤

深秋的冷风

颤栗着枝头的枯叶

终于飘落

飘落在冷雨汇积的坑凹

浅水的涟漪

一小圈

一小圈地漾开

漾出淡淡的、淡淡的忧伤

浮出心底

才知受了伤

/ 2018.12.04 /

让我干了这杯酒

让我饮了这杯酒吧
随着心意去
这羸弱的身体
不再接受违心的话语

人生就该如此
该哭时放声大哭
能笑时尽情欢笑
想喝酒一醉方休

酒原本是水
水，我这里充盈着都是
仿佛前世的纠葛
躲不过的劫
让我先干了这一杯！

/ 2021.08.27 /

是的，我最近脾气比较大

是的，我最近脾气比较大

舌尖上的一串泡泡

现在全破了

昨晚吹了一阵夜风

咽喉也肿了

疼痛难忍的腿疾又犯了

前几天，还在运动场上畅意扣杀

就昨天，还在游泳池里任意遨游

"可恶"的医生

将一切活动都禁止了

一只喜欢漫游的哼唧兽

被囚禁在笼子里

是的，我最近脾气比较大

浑身难受

这不是发脾气的理由

如果大宝贝贴心一些

如果小宝贝乖巧一些

我可以诉诉苦

也可以撒撒娇

可以心平气和

等候病痛慢慢离去

就像以前一样

它一定会离我而去

我知道

为什么我要发脾气呢

我的大宝贝

我喜欢物归原位，做事不留尾巴

轻声说过很多次

你何曾放在心上

爱一个人，不止甜言蜜语

要把她的每句话都记在心里

体现在行动上

乱放的物品是最后的稻草

是的，我也可以忍受

我的情绪并没有十分激动

一切还在掌控之中

我只是抬高了的音量

在声音里添加了一点愤怒

为什么我要发脾气呢

我的大宝贝

我的脾气不是野兽

时时都在掌控之中

你的脾气却像一头野牛

一头不知道自己有多野的牛

老生常谈的话

你听过很多遍

也讨厌再多听一遍

我却不得不多说三遍

你就愤怒了

那头牛很快就要失控

我只能将自己关进笼子

寻求下一次机会

我为什么发脾气呢

我的小宝贝

我们原本是两只心意相通的哼唧兽

我知道,只要我一哼哼

你就会很乖很乖

吃饭的时候

我忍着剧痛,不能和你辩解

那件你要说服我的事情

我为什么发脾气呢

我的小宝贝

你明显不懂这种病痛

你的人生才刚刚起步

阅历还太浅

你以为大哼唧兽不理你

就开始发脾气

你的眼圈又红了

我是多么不忍心呀

我的小宝贝

我为什么发脾气呢

我的小宝贝

这是一个学习的机会

关爱他人

从身边做起

此时最需要关爱的人

不是你,而是我

一个满身病痛的人

我为什么发脾气呢

我的小宝贝

我是你最亲密的哼唧兽

我知道,我一哼哼

你会削个苹果

我再一哼哼

你会倒杯水

小哼唧兽很享受照顾人的感觉

小哼唧兽会有长大的一天

总有一天会明白

很多需要关爱的人

他们不会向你哼唧，也不会哭泣

甚至都不知道自己处于苦痛之中

你要用自己的眼睛去发现

用心去倾听

去关爱每一个需要帮助的人

/ 2016.04.12 /

丢了垃圾晒太阳

昨晚儿子说作业多

他不丢垃圾了

今天白露

等到快九点

外面阳光十分灿烂

我挪动步子

去丢垃圾

干垃圾放进一只大桶；湿垃圾

倒进另一只

看守的老太太

翻出塑料水瓶和鲜奶纸盒

投进第三只

垃圾站旁边

隔着一道墙的花坛

有两条铺了木板的石凳子

已经晒得暖融融

我坐上去

休息受伤的脚踝

温暖腾上来

流经每一条血脉

四围吹着凉风

抚慰舒张的毛孔

坐下来

我就不想走了

背着太阳冥想

面前一条小路

挺着肚子的孕妇踱过

骑电瓶车的快递小哥闪过

老人推着婴儿车

娃娃攥着纸风车

我想了许多

又似乎什么也没想

寒来暑往

连心思也变幻不定了

垃圾已丢

拍拍灰尘就走

/ 2020.09.08 /

致 B103

为了寻找一个答案

我来到 B103①

春天里来

也将在春天里离去

春去秋来三个寒暑

时光在阅读中偷渡

书道②师有言

鲜悦③友无数

科学与艺术在峰顶交互

---

① B103,是办公室编号,我在这里工作了三年。
② 书道,上海交通大学图书馆"书之道"精品读书讲座。
③ 鲜悦,即 Living Library,一种"藉人为书、分享智慧"的人生感悟与经验分享模式。

唯有月亮

仿佛是永远的谜

那朵黄色康乃馨

不过是心中的幻境

归去来兮

归去来兮

离别没那么忧伤

好似换了件新衣裳

感谢木棉花饯行

用这壶三年陈酿

大碗对月饮

/ 2020.04.22 晨 /

搬家

又到这个时候了

对过去做一番检视

堆积的用品

是水流过的沉积

架上拥挤的书籍

角落里蒙尘的画笔

一件件经年不穿的衣

一双双半旧不新的鞋

哪个需要留下

哪个应该丢弃

拂去了灰尘

露出时光遗留的痕迹

有限的空间按捺贪心

告诫我保持理智

有限的时间罔顾痴心

催促我不能犹豫

来一场没有仪式告别吧

明天，一切日常都将继续

告别马桶漏水的烦恼

还有值得珍藏的欢声笑语

只带必需的物品

我们相携走向新居

因为割舍，未来的日子

轻盈得似一首晨曲

/ 2021.04.17 /

自处

我沐浴在骄阳酷暑

从地面仰望

山茶也变得魁梧

耸立在湛蓝晴空下

是墨镜过滤后最柔美的景物

轻风时时拂过

蒸腾而出的汗水

颈项间细软的发丝在飞舞

撩起些微的清凉

惬意透骨

我这样坐着

可以静静地坐一辈子

就像我喜欢走路

活泼欢喜地走

也可以走上一辈子

学会与病痛和解

忍受一切痛苦

沉静的忍耐力

才是远离苦海的自渡

兰香湖上一群天鹅像许多问号

在波光里游弋整个上午

默默地

我问：

这一次

你将带给我什么领悟？

/ 2020.08.20 /

久违的阳光

窗口透进第一缕阳光

心中开始唱一曲歌

泉水叮咚响

桃花朵朵开

三月的小雨

已不再那么忧愁

忧愁

是呵

忧愁昨天还拥抱着我

把心掏空

思绪在四处飘游

找不到落地的重心

昨天的晨光,冷冷清清

在无休无止的阴雨之后

在境外疫情不断蔓延的时候

冷清一直漫过我的胸口

没有阳光

看不到希望

今晨如此不同凡响

我踩着阳光

寻访垂丝海棠

小河边一树隔着一树

是点亮的春光

我摘下口罩

放肆呼吸

没有闻见花香

却有春风挟了清泉

在心头涤荡

窗外传来小朋友的喊叫

下雨了

哦！我并没有发现

阳光已被乌云遮蔽

屋里亮着灯

似你的双眸烨烨生光

/ 2020.03.31 /

小辫子

小辫子是一只狗

援助的学生给她取了可爱的名字

她原本长得滚圆雪白

耳朵尖挺,耳后编着两条细长的辫子

在校园流浪的小辫子

头上的辫子只剩了一根,浑身的长毛变成奶黄

松弛的腹部垂下四五个乳房

圆溜溜的眼睛露出机警的光

小辫子看起来营养不良

你给她煮了面条拌上鸡肝

她终于接纳你,每次都笑着跑出来相迎

小奶狗藏在铁丝门后,偶尔听得见它们在撒欢

但愿时间永远停留在那一刻，所谓岁月静好

不过是母子朝夕相伴

小辫子是无私的母亲，更是幸福的母亲

然而快乐的时光总是短暂

小辫子过了哺乳期，被送去做了手术

她的宝贝们陆续得到领养

守着空荡荡的家，寂寞、抑郁如同缺氧

她用了多大的力气，才终于恢复阳光

小辫子变得爱热闹

天天守在教育超市门前，坐看人来人往

那天走过一位美女，小辫子没有瞧够就尾随而去

美女吓得花容失色，立即打电话报了警

警察来抓捕小辫子

她不逃也不躲,脸上还挂着咧嘴笑

警察轻而易举将她抓获,放生澄江路郊外

你得知消息,立即派人去找

荒郊野外已然没有她的踪迹

你不愿放弃,连续几天苦苦寻觅……

秋草萋萋,柔弱的小辫子何以安生立命?

泪眼婆娑,为何小辫子的命运如此曲折?

小辫子是一只狗

她的故事久久萦绕在我心头

苍生悠悠,这世间岂止小辫子被命运左右?

天地苍茫,浩渺众生也终究难逃轮回一场!

/ 2021.11.07 /

温柔的时光

在温柔的时光里

很容易就把你想起

三月的雨声

隔着窗的风声

绿树杏花摇曳成一幅油画

雨滴顺着玻璃蜿蜒而下

香雪兰在瓶中静静地开

小辫子[①]在椅下甜甜地睡

在这温柔的时光里

我的心安静极了

安静得只能容纳一个你

/ 2022.03.25 /

---

① 小辫子,是校园的一只流浪狗,因学生报警而被拘捕并放逐郊外,2022年2月中旬,小辫子带着一身泥泞,奇迹般地重回校园,3月5日被我领养回家。

第一首诗

自从爱上写诗
无数次想起那个下午

九岁的小女孩
雀跃在树影斑驳的放学路上
忽见路边一块石头卧伏
她一脚踢去
石头变成麻雀
展开翅膀拍地飞舞

她惊喜万分
是麻雀变了石头打埋伏
还是石头受惊变了麻雀？
回家后
她忍不住写道：
  我和我的脚有魔术
  能把石头踢成鹦鹉

三十余载时光流转

走了许多路

读了许多书

吃了许多苦

小女孩最后变成了我

而我

吃了许多苦

读了许多书

走了许多路

终于找回了她

和她的第一首诗

/ 2020.09.24 夜 /

我想象我就要死去

最近我常想
假如我现在就死去
在一次意外中
立即死去
似乎也没有遗憾
除了,还没有写完
心中的诗句

我的爱恋
你们都已知晓
少年没了妈妈的陪伴
一定会悲哀哭泣
每年生日写给你的寄语
你会一读再读
汲取母爱和勇气
擦去满脸的泪水
变得更加坚强和独立

我从来没有这样勇敢
面对假想中的死亡
如果它来得痛快
我会张开拥抱的双臂
就像肋下生出了翅膀
化作美丽的蝴蝶
翩然飞去

我这样想象着死亡
于是洞悉了活着的意义

/ 2020.10.10 /

生命短章(四首)

(一)

妹妹,
你在电话那头哭诉
坐视他的癌细胞扩散
真的不甘心

我正对着窗外
雨一直在下
一棵紫叶李
结满了果子
一树的白花
是什么时候谢了?

/ 2020.06.03 /

(二)

我喜欢趴在地上
看一群蚂蚁
忙碌地搬运

它和我
如此相似
同为宇宙的过客
一样平等

/ 2020.06.03 /

(三)

多久没跳舞了？

我无法细数记忆的年轮

上一次

是在怀孕之前吧？

时光之树

长出一个临风少年

闪念间

很想跳舞

/ 2020.06.04 /

(四)

生命的意义是什么？

俯下身去

低到尘埃里

就能听见

生命的真谛

/ 2020.06.05 /

梦童年

以为忘却了

却在某一个转角重逢

不朽的记忆

刻上时光的年轮

岁月侵蚀,却越显绮丽

/ 2021.07.09 /

太阳雨

又遇太阳雨

看,太阳和云朵在游戏

我们的生活一样

有晴也有雨

如果你有游戏困难的勇气

就一定能走出雨季

/ 2021.08.17 /

落叶

我们,

这枫叶,

遍地金钿,

红颜不言老,

飘落更是风景。

/ 2017.12.04 /

路过

暮光熹微

我从蔷薇穹顶下

轻轻走过

玫红的花瓣铺成地毯

芬芳馥郁中

我闻到了爱情

仿佛一场婚礼在举行

/ 2021.05.06 /

阅历

人活四十岁

只见一面

已然知晓

谁能成为知己

谁能成为情人

谁注定只是路人

像二十岁一样谈恋爱？

不存在的

先生别操心

/ 2020.10.03 /

时空之外

同一空间

另一时间

演绎着不同的故事

同一时间

另一空间

展现出别样的风景

时空之外

烦恼不再是烦恼

眼前即是远方

/ 2016.06.24 /

艺术之花

由心而发,

开出了艺术之花。

不分贵贱,

无关贫富,

只从心底涌出满满的

满满的都是欢喜!

/ 2016.08.26 /

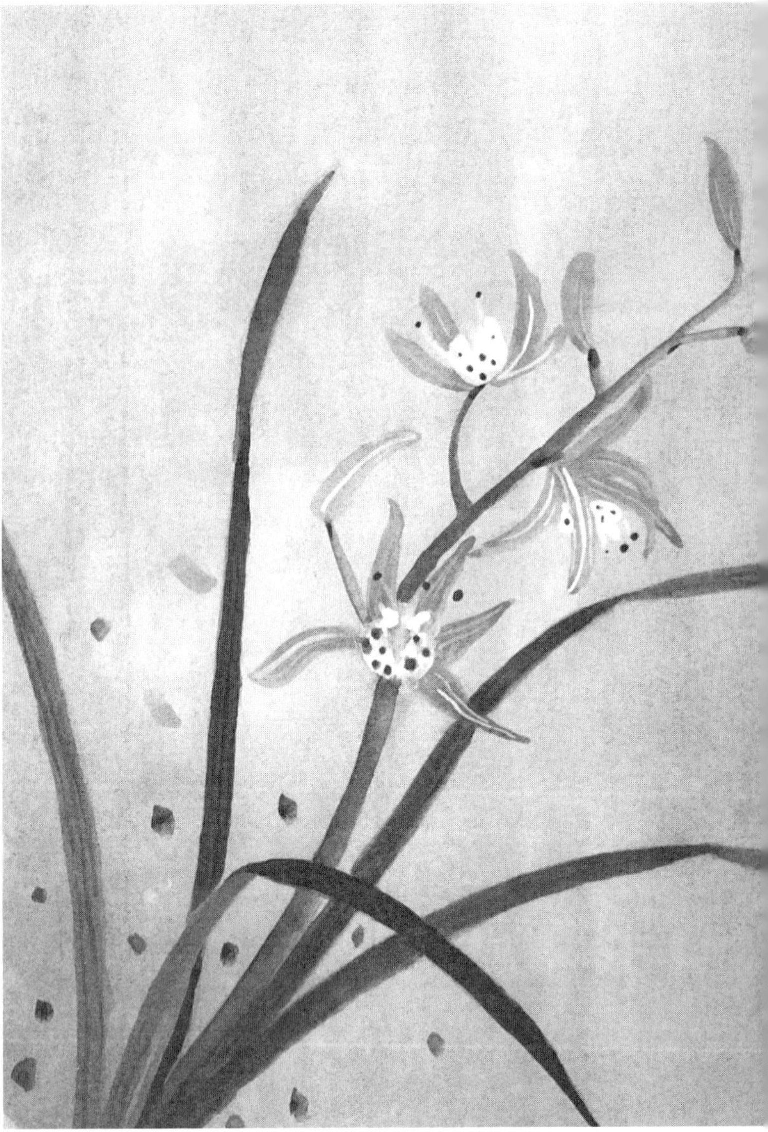

第六辑

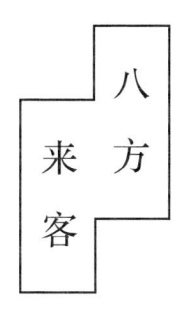

八方来客

从一朵花中醒来

留别

荼蘼花事春光老，白雪随风柳絮飏。

三载行歌青霭远，一湖秋水岁月长。

/ 2020.04.30 /

自罚诗

夜半觉来仍忐忑，高朋满座怎晚到。

平生最厌未守时，诸事筹谋还趁早。

错失席前诉相思，延误宴开举杯迟。

再择良辰备佳酿，诚邀文友更吟诗。

/ 2020.08.07 /

绝句·见兄长冬泳照感赋

北风萧瑟冬将至,横渡不知江水寒。

大衍何言顺天命,中流击水展鹏翰[①]。

/ 2018.11.17,2022.05.24 修订 /

绝句·赠凌玥

半盏清茶甘苦同,一枝含笑付春风。

人生已是多劳疾,幸有华佗静舍中。

/ 2019.03.30 /

---

① 翰,指长而硬的羽毛。这里借用庄子《逍遥游》"鲲化为鹏"之意。

绝句·答宇环兄《品味知音》

一曲微茫半世音,茶筛两盏味中寻。

清香渐次分花果①,诗话人生且慢斟。

/ 2020.08.01 /

---

① "清香渐次分花果",据茶艺师介绍,好茶遇到不同的水温,随着冲泡会依次释放出不同的香气,如叶香、花香和水果香等。

绝句·贺乔中东教授荣休敬赠

杏坛垂范卌华年,桃李满园香满天。

不辍笔耕传教术,丹心还付意流连。

/ 2021.12.31 /

绝句·与朗诵协会同仁合诵感赋

寒露无寒笑艳阳,倾心合诵好时光。

簧宫遍洒和声响,致远思源情谊长。

/ 2021.10.11 /

绝句·夏至赠表侄宇鸿

欣闻毕业受辞彰,四载学成能力强。

得意青春如夏至,鸿图大展启新航。

/ 2022.06.21 /

七律·贺城研院十周年院庆并赠士林师

十年风雨催时士,筚路回瞻成茂林。

文赋哲思绘策论,情怀家国惬丹心。

肇开学派向城市,得失江南由古今。

稽首愿师圆夙梦,栖居诗意抚瑶琴。

/ 2021.06.18 /

七律·题吴鸿珍石城暮秋图

石城霜染醉秋深,破晓晨曦初照林。
黛瓦白墙山亦隐,红枫绿柏雾尤沉。
人间佳境神仙妒,梦里蓬丘方士寻。
若得村中闲一日,云岚尽赏古风吟。

/ 2021.10.31 /

和幺叔汤厚斌《贺二零二一年元旦》

庚子新冠没,江南瑞雪皑。

腊梅花绽放,喜鹊戏窗台。

/ 2021.01.02 /

和建君师《住院第十四日》

世事维艰过险滩,桂花吐蕊待清寒。

若无连夜西风起,哪得秋香古调弹。

/ 2021.10.17 /

和志彪兄《祭父三章》其一

草原辞别远苍穹,心系家山曲未终。
尊父西归了无憾,却怜一面也难逢。

/ 2022.05.11 /

和人淡如菊《随感》

迎面难行萧瑟风,冰封河道鸟飞空。
多年难得申城冷,不盼春风草已葱。

/ 2021.01.10 /

步韵建君师《立秋》

伏天暑热卧孤台,院落梧桐深土栽。
午后蝉声见秋意,桌前雪沫漫青杯。
夏花有性拟何去,春梦无痕唤不回。
聚散人生皆有理,冬来无惧雪皑皑。

步韵汉文师《秋》

回头雁字隐长空,把酒听弦丹桂丛。
露起寒潭迎皓月,叶鸣修竹舞清风。
青山远影横眉黛,玉液琼浆赛锦红。
久别未知归故里,细斟慢酌诉情衷。

步韵福胜兄《立秋》

长望碧空锦字成,芙蕖欲老媚新晴。
梧桐窗外染霜色,络纬池边振羽声。
暑热难消豪雨歇,秋凉徐至晚风轻。
光阴尘世莫嗟叹,无问西东且笃行。

/ 2020.08.11 /

致交大摄影师

在西藏大昭寺的飞檐下

我挂上一串风铃

在宝岛台湾的清涧中

我撒上七色的花瓣

在月牙泉边的鸣沙间

我将长箫缓缓吹起

在雾凇岛的冰雪世界里

我迎着朝霞踏上第一对脚印

这些美丽的地方

可惜我都没有去过

却在你们的照片中

一次又一次逡巡陶醉

仿佛回顾前世的景色

感谢你们分享美图

跋山涉水有许多辛苦

谢辞中我配上最美的乐音

来自古寺诵经的钟

来自溪涧中夏日的泉

来自黄沙被风吹动

来自雪地里铿锵的脚步

/ 2020.12.25 /

你向我走来

你向我走来
一张不施粉黛的脸
哪里见过呢
却怎么也想不起

你向我走来
一头黑白飘逸的长发
裹挟了半世风采
沉静的微笑不容质疑

你向我走来
颀长而袅娜地向着我
我将背包挪开
尽管车上还有许多空座

清晨开往"零号湾"

傍晚去听民族音乐会

暮色使空气慵懒

美食消耗大脑的给氧

我们挨坐着闲聊着

一问一答之间

我轻轻地说起曾经的伤害

语调里不起一丝波澜

那是结了十年的伤疤

这又是哪一世结下的缘份

伤心的往事都随风去吧

因为你已经向我走来

/ 2020.12.05 晨 /

秋日私语——写给春玲

时间

静静地流逝

无知无觉中

悄悄带走过去

那朵鲜妍的花

早已凋落枝头

轻轻摩挲的指尖

留存一丝丝的温柔

林中绿叶的光

在晨曦中闪耀

一阵秋风吹过

点点晕染枯叶的黄

痛彻心扉的伤

横亘在日子前面

避无可避间

渐渐显出痊愈之祥

亲爱的：

    无所谓失去

    无所谓伤痛

    无所谓中年

    如同暑气渐散，秋日将来

我的心更期盼

一片落满黄叶的天地

那样才是

无比的绚烂

/ 2018.09.19，2020.09.19 修订 /

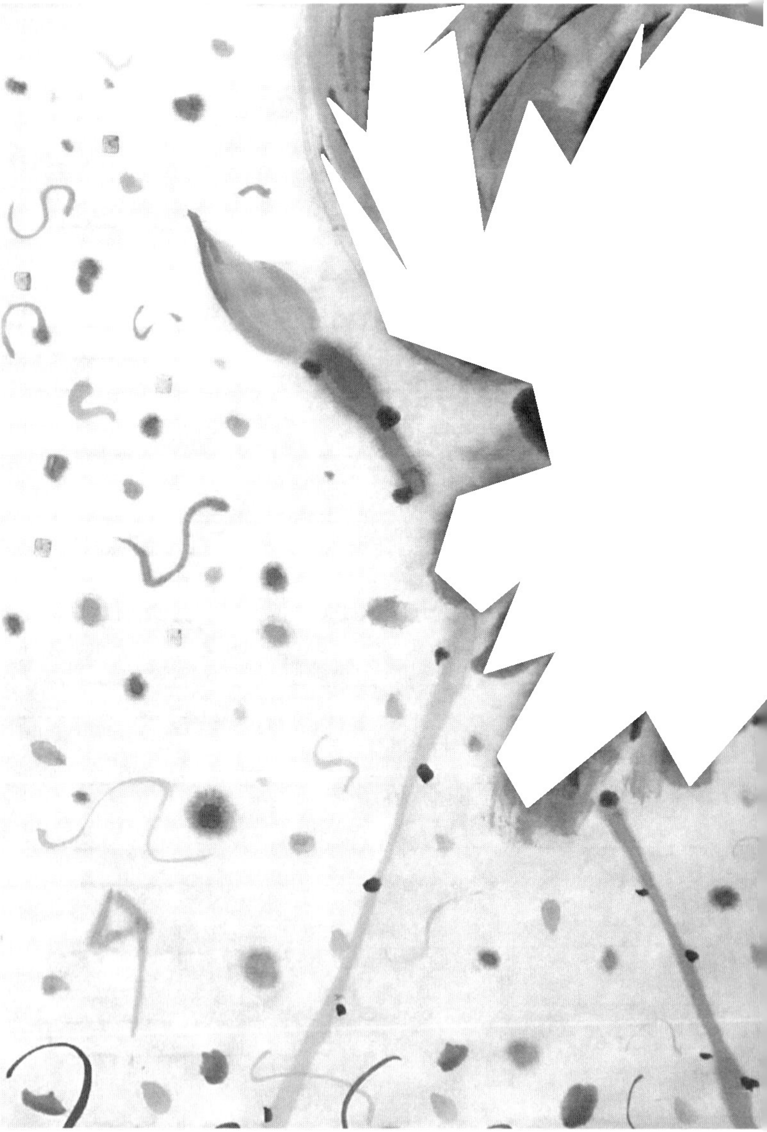

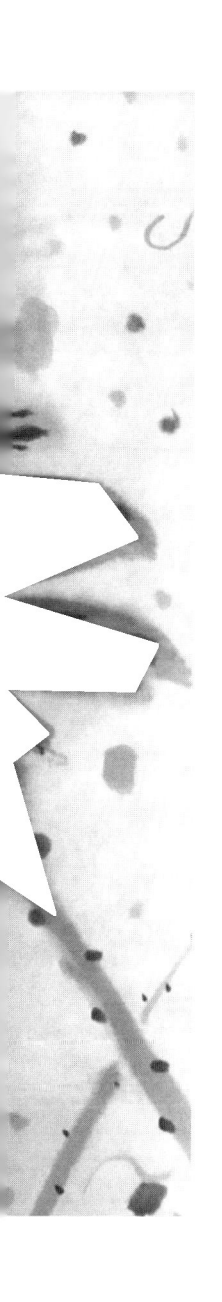

第七辑

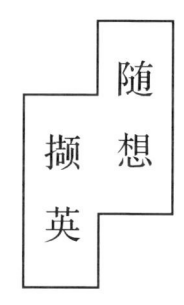

随想撷英

从一朵花中醒来

1

为什么你们喜爱看我笑?
我是在能够笑的时候尽情欢笑。

2

诗是从苦难中开出的向阳之花。
诗歌让我的灵魂升华,
有时似乎就成了天使。

3

在不写诗的清晨,我就看书,
写得越多,想看的也越多。

4

写格律诗其乐无穷,"炼字"其乐无穷,
汉字的魅力就在其中。

5

我讨厌战争,可惜历史总也绕不过战争。
我只喜欢历史中那些可爱的生命,
那些求真的,那些勇敢的,那些擎天的,
那些为人遮风挡雨的,那些为大义献出生命的人。

6

清晨看到第一缕霞光,
心中便慢慢升起温暖。
啊,朋友!那是你给我的爱。

7

爱情是激流,友情是港湾,婚姻是一场修行。

8

2020,这长长的一年,我细数着它的每一天,
问候每位亲友,每一棵树,每一朵花。

9

要相信自己对一个人的判断,
用眼、用心甚至用直觉,
而不是道听途说。

10

与知己聊天,如同能够听到有声的自己。
在你们微笑的注视中,我永远不会孤独。

11

爱,能抚平心灵的创伤,能消融人心的隔膜,
能点燃生命之火生生不息,也只有爱能超越爱。

12

年轻人啊,放下手机,走出游戏,去恋爱吧!
去谈一场勇敢的恋爱,无论成败,
你都会重新认识自己和世界。

13

当无从抉择的时候，就把难题交给命运吧。
如果是命中注定，躲不过也逃不脱，就只管跟着心往前走。

14

人生一世，凡事都是历练，
没有什么是难以接受的，缘来珍惜，缘去释怀。

15

人生是一场修行，岁月赋予我们的，无论顺境或者困厄，
都是馈赠，就看你如何去面对。

16

人性的光辉往往在危难时刻才会迸发出来。
但凡从巨大逆境中生还，并去探索思考的人，
内心不仅强大而且光明。

/ 2016 年 4 月 25 日，听莱温斯基演讲有感 /

17

在历史的长河中，人类精神就像绿草，从来不会被摧毁，
虽然有时会短暂沉默，但都是暂时的。

18

青春不奋斗，何以慰中年？
今天我能够笑对病痛，
是因为曾经吃过苦、受过累，忙碌过、奋斗过，且无怨无悔。

19

读书很累，唯存高远之志才能不累，累中才有味。

20

孩子能体会到母亲辛苦的那一天，他就开始懂事了，开窍了。
我盼着孩子开窍，但是又希望他能享受悠长悠长的童年。
那无忧无虑的童年，才是一生中最美好的时光。
孩子，愿你在追逐梦想的路上守真存善、永远快乐。

/ 2018.11.19 /

21

人生所有的经历，都能让你悄悄成为你自己。

22

仿佛熟透的果子，一碰就流出甘美的汁液，

有时化作泪水，有时化作爱液，有时化成律动的诗行。

23

那些招摇的花，只在乎助它摇曳的风，

并不在乎阳光洒下的温暖。

我为需要爱，需要心灵慰藉和温暖的人写作。

我思，我写，随心，随性，随缘。

24

我行走在阳光下，如同自由的风。

跋

刘士林

莉华是我在交大的老朋友，曾是我们团队的重要成员。去年6月18日，在文治堂举办城研院建院十周年庆，我们特地邀请了几位已离开团队的专家，莉华不仅在其中，还作为代表发言，回顾了在她主持下校图书馆与城研院的一系列合作项目，却遗漏了一件重要的事情。2016年3月23日，我们举办建院五周年纪念会，其中一项活动是城研院和校图书馆签约共建数据信息管理部，聘请莉华担任主任。当时我们独有的数据资源已经不少，有些还是国家层面的，但由于缺乏专业人手，一直处于沉睡状态。为此，莉华起草了"中国城市发展数据库"建设规划等，我们还一起制定了"上海交通大学城市科学实验室论证报告及一期建设方案"。投桃报李，我们对图书馆的各项工作也是全力支持，曾两次捐赠了城市科学和江南文化两大系列著作56种，图书馆则在"思源阁"设立专门展区，成为展示交大城市科学研究成果的重要窗口。现在想来，当莉华还在团队的那些日子，也是年轻的城研院最快乐的时光。她不仅经常参加每周组会，也常在主办的各种学术会议上发布研究报告。

大约四五年前，由于莉华轮岗，我们与图书馆的合作改由其他老师负责。几乎与此同时，她开始迷上了诗歌创作。以后，主要是在朋友圈中看她的各种诗作，有旧体，有新体，大多属闲情逸致，印象最深的是武汉疫情期间，她写了一首长诗抒怀，颇有古楚狂人风骨，亦有男儿之志。但直到很久以后，才知道了她写诗和我多少有些联系。她说："刘老师不经意间的熏陶，随意播撒的诗意的种子，却让我转向业余诗人的道路。"这使我颇感惭愧，特别是想到她偶尔也会征求我对诗歌的看法，也包括对她的诗作的意见，而我多以敷衍待之。这其中也不是没有原因，作为一个八十年代的校园诗人，一个后来提出过中国诗性文化理论的学者，对诗歌难免过于挑剔，所以也很不喜欢谈诗和读诗，这就是所谓的"曾经沧海难为水"。

莉华从一个理工人转向诗人，并一直坚持下来，实在不是一件容易的事情。我自己之所以不愿意谈诗，还有一个隐秘的心结，就是既可惜真正有才华的诗人都放弃了写诗，又厌烦一些毫无灵性的人整天附庸风雅。但莉华的坚持也多少改变了我，因为这从另一个方面证明了康德说的

"只有人，才审美"，或者是马克思说的，是一种春蚕吐丝的文学天性。她这个从实入虚、从工具理性到诗性智慧的转化过程，倒是很契合我在《古典美学新探》中对中国古代士大夫生命历程的还原。这里摘录两段话，送给莉华和很多非文学出身、但对诗歌非常热爱和执着的朋友们。

"美与政治无关"，这可以看作是中国美学的第一原理。它表明了在政治与自由之间存在的是一种根深蒂固、无法解除的异化关系……一个典型的例子是，中国士大夫的自由不是在他们红得发紫的官场上，而往往是在他们告老还乡以后，"少小离家老大回"，远离了朝廷的争斗与风浪，才有可能过一种与自己的意愿不相违的生活；而对以往在外奔波、受命于王的岁月，他们喜欢用的一个词就是"不堪回首"。

……

对这个原理需要作出的另一点解释是，告别政治才有自由，并不等于没有这个政治化的过程就可以轻易获得自由……只有在一个人在全面的政治异化中感到无法忍受时，或者说，只有在意识到自由是无价的，失去自由是无论什么东西都不可替代的，才有可能成为他现实的选择。因而，对此真正体验深刻的，并不是从来没有进入过官场、童心未泯者，而往往是饱经风霜、历经磨难的诗人政治家。

　　东拉西扯了半天，最后言归正传。最初看到莉华的诗，总觉得有难以摆脱的理工影子，就像我认识的几位院士诗人，不仅语词用得不够含蓄蕴藉，句子也因多"盘空硬语"而显得生硬，其中最大的破绽是不懂得留白，让读者自由地发挥想象力，而总是一副生怕别人读不懂的样子，这是没有底气和自信的表现，而这样写出来的诗，在很大程度上更像散文，怎么读，都觉得和"诗"有些"隔"，在我们写诗的那个年代，喜欢把这样的诗称为"分行文字"。

　　比如我今天在和朋友聊天时，对自己的生活处境还用了"孤岛"，这个词在上海的历史上是有"本事"的，是指抗日战争时期的上海，如果我的朋友"较真"，就可能说"用这个词不合适吧"。这可以分两说，如果是新闻报道、时政评论甚至是学术论文，这肯定是不合适至少是不严谨的。但在两个朋友的闲聊中，在这种"一半是描述现实处境，一半是宣泄内心情绪"的环境中，这个词早已失去了它在历史学、政治学等方面的"严肃性"和"客观性"，因此就不会有谁大惊小怪。进一步说，这也是诗的意象和实用文字的本质差别。因为诗性思维是自由的，也是超越现实功利的，作为对心情、感觉、个体生命经验的一种表现，我只要在过去的上海和今天的上海之间找到一种"神似"，或者在今天的上海和"孤岛"之间找到一种"不完全是客观真实，也不完全是虚构"的关联，以此呈现我此时此刻身处上海的感觉感受，也就完成任务了。但说实在话，这种源于古代中国的诗性思维和诗性表达，对一个八十年代的文科生还比较容易，但对大多数的工科生，或已习惯于用科学思维一点一点去求证、生怕不符合"这规则、那原则"的绝大多数当代人，甚至包括一些在当代汉语生态中长大的诗人，都是比较麻烦的，甚至是一道迈不过去的语言门槛。

但莉华毕竟有悟性，加上真心喜欢和不吝投入，在这本诗集中，我也惊喜地发现，她早期创作中存在的比较明显的理工痕迹，在她"今日格一物，明日格一物"的不懈努力中，正在被越来越多地打扫干净，有些诗歌也开始接近"羚羊挂角，无迹可求"的灵妙之境。总之，能写诗是一件非常幸福和不需要对外人道的事情，衷心祝莉华的诗写得越来越好，也希望有越来越多的朋友喜欢她的诗。

2022 年 4 月 15 日于沪上春江锦庐

图书在版编目（CIP）数据

从一朵花中醒来/沁予著.-上海：上海文艺出版社.2022
ISBN 978-7-5321-8407-1
Ⅰ.①从… Ⅱ.①沁… Ⅲ.①诗集－中国－当代
Ⅳ.①I227
中国版本图书馆CIP数据核字(2022)第130179号

发 行 人：毕　胜
策 划 人：杨　婷
责任编辑：李　平　汤思怡
封面设计：汤　靖
图文制作：汤　靖

书　　名：从一朵花中醒来
作　　者：沁　予
出　　版：上海世纪出版集团　上海文艺出版社
地　　址：上海市闵行区号景路159弄A座2楼　201101
发　　行：上海文艺出版社发行中心
　　　　　上海市闵行区号景路159弄A座2楼206室　201101 www.ewen.co
印　　刷：崇明裕安印刷厂
开　　本：787×1092　1/32
印　　张：7.5
字　　数：50,000
印　　次：2022年8月第1版　2022年8月第1次印刷
Ｉ Ｓ Ｂ Ｎ：978-7-5321-8407-1/I · 6635
定　　价：48.00元
告 读 者：如发现本书有质量问题请与印刷厂质量科联系　T:021-59404766